謎詭

ミステリー

Vol.3

推理情報誌

以小說和電影孵夢——日本推理小說和改編電影如何互相造就

獨步總編輯
陳蕙慧

編者序

◆迷上日本推理始於一部電影

話說我會瘋狂迷上日本推理小說並不是從小說作品讀起的，事實上那時候也完全不知道有所謂「推理小說」這個文類，更不知道「日本推理小說」如何在扶桑東瀛掀起了一波巨大的閱讀風潮。

我記得當年在西門町排隊四個小時，最終買到了票，卻是虛號而只能和同學坐在冷冰冰的磨石子台階上看電影《砂之器》時，自己是多麼費勁地想要忍住眼淚，最後仍涕泗縱橫的情景。《宿命》的鋼琴協奏曲響起，父子踽踽於途，四季更迭，人情似雪，那一顆顆丟擊小男孩身上的石塊彷彿痛打我的胸口，坦白說，我從沒為一部電影如此震撼過。

劇終長長的字幕出現：原著松本清張《砂の器》，這幾個字便烙印在我的心裡。

我在書局裡找到原文書來讀，憑著極淺薄的初初級日文，怎麼看速度都不快，後來也就擱下了。一直到數年後的某個機緣，發現林白版的多本清張著作，才一發不可收拾地持續幾年狂讀了清張、夏樹靜子、森村誠一、土屋隆夫、橫溝正史、高木彬光、鮎川哲也、連城三紀彥、泡坂妻夫、阿刀田高、西村京太郎、仁川悅子、山村美紗、大澤在昌……等等作家的作品。

既然我愛上日本推理這個文類的起始是一部電影，是否它也激起了我從此兼及影視作品，雙線並行邊讀邊看呢？

當然，改編自橫溝正史作品，由石坂浩二主演的《犬神家的一族》、豐川悅司領銜的《八墓村》讓我印象極其深刻，但很可能是因為當年很欠缺取得這些影視作品的管道之故，我主要還是以小說閱讀為主。

◆日本推理小說形成顯學，與影視化息息相關

引起我將第三期《謎詭》的主題設定為改編成電影（初時也曾考慮將日劇一併納入）的日本推理小說，來由有三。一是在我讀山前讓的《日本推理一百年》時，非常強烈地被提醒，日本推理小說之所以遍及普羅大眾，相當程度是因為影視化成功所致，以橫溝正史為首，這位本格推理巨匠的小說截至二〇〇六年為止，光是金田一登場的影視作品共有七十七齣，首部於一九七六年上映的《犬神家的一族》，票房高達十五．六億日幣，排名第二，繼之的是隔年一九七七年森村誠一的《人性的證明》，賣座廿二．六億，票房亞軍；《八墓村》，賣座十九．九億，票房季軍。

多麼神奇厲害啊！一九七七年賣座前三名，有兩名是推理小說作品改編的！

這促使我遍查了許多資料，由此得知了日本影史上賣座最高紀錄的推理電影是《大搜查線2》，票房一七三．五億！兩年前上映的宮部美幸的《勇者物語》票房有二十億，而從陳國偉

（遊唱）前日提供的資料也可知，今年十月剛在日本上映的東野圭吾的《嫌疑犯X的獻身》票房已突破三十億。

其二是去年我首次在東京看電影，看的就是非常喜愛的作家伊坂幸太郎的《家鴨與野鴨的投幣式置物櫃》。老實說，雖然伊坂這三五年來在日本文壇備受重視，但畢竟還是屬於文藝圈的，某個特定族群的；伊坂近兩年特別引起廣泛地討論，恐怕還是要歸功於小說改編成電影的推出（尤其有大卡司擔綱如瑛太或金城武主演《死神的精準度》），其成功效應不但穩固了伊坂的一線作家地位、擴大了伊坂的讀者和視聽者，並將之推至作家該創作階段的高峰。

其三是長期以來我對東野圭吾在推理創作生涯上每一個轉折的觀察。如果說伊坂作品的影視化體現在書本的銷售上已然很明顯，那麼東野圭吾更是驚人！由於《偵探伽利略》電視劇的高收視率，使得該系列三作（另外兩本為《預知夢》和《嫌疑犯X的獻身》）的單行本和文庫本總銷量在很短時間內達到五百萬本！

我之所以有切身的體會，乃因為二〇〇三年在台推出東野的《惡意》中譯本雖然表現不錯，但是一直到第六本的《嫌疑犯X的獻身》才締造較優異的銷售業績，然而由於沒有像在日本有影視化作品的加持，只能徒呼負負，遺憾這麼好的作品再怎麼以出版社的資源做行銷，其效果畢竟有限。這種懊惱心情，使我更深刻地感受到在日本，推理小說和影視化之間的共生、雙贏、彼此推波助瀾的密切關係。

◆小說與電影的對照，引發爭議或激賞？

於是，我便提出了我們來看看日本推理史上，成功的小說和成功的改編自該小說的影視作品（本期以電影為主）之間的有趣對照吧。是小說優於電影？電影勝於小說？小說帶動電影？電影帶動小說？原著與改編者兩者之間有何不同？因何不同？不同的有趣之點是什麼？更重要的是：由資深推理迷為讀者提供他們閱讀這些著名的日本推理小說、觀看改編成影視化作品，所領會到的視點是什麼？

這次的編輯委員邀得了日劇、日影、日推小說重度狂熱者：陳國偉、景翔老師、曲辰、小葉共同討論。特別央請國偉擔任總策劃，擔任主題書單挑選及邀稿工作，並力邀傳博老師和台北先生（玉田誠）撰寫特稿，在此致上無盡謝意。

值得一提的是：首次編輯會議在台北光點二樓露天咖啡座，我們許的願是，有機會的話找齊這些電影，就在這兒安排數場放映會以饗日推迷吧！

願夢想快快實現！

★目次

謎詭
ミステリー
Vol.3

目次

P16 松本清張

十大經典影視人物

▲P58 藥師丸博子

▲P57 石坂浩二

▲P54 市川崑

2009.2.17

116

P 152
P 148
第54回
江戸川乱歩賞贈呈式・記念パーティ
主催 日本推理作家協会 御席
乙一
126

主題推薦
Recommend for Movie

推理迷火力全開大放送

「推理小說影像化」

獨步嚴選經典廿八作

主題推薦

時代的光景，夢的記憶

總策劃／陳國偉

我常常覺得，每一個時代，都一定有專屬於它這個時代的畫面。而每個世代，都在這些畫面中，孕育出自己的夢境。

屬於四、五十歲世代的，應該是野村芳太郎《砂之器》中父子走在海邊的寥落身影，或是市川崑的《犬神家一族》慘白倒豎在湖中的雙腿。而屬於三十歲世代的，要不是市川崑《八墓村》中豐川悅司疾走過鄉野的闇影，不然就是《祕密》所保留下的廣末涼子那青澀玉女時期的甜美笑容。那二十世代的，極有可能就是電影《死神的精準度》中金城武撐著黑色雨傘的俊美模樣。

推理小說的影像化，它既具體化了我們閱讀的想像，透過各種實體化的場景，以及美術效果、音樂，不斷增生我們對於小說的認同。更多時候，它就像是凝定住了時代的光景，成為我們腦海中無法抹滅的記憶，隨著光陰不斷流逝，原本埋藏其中的情感濃度，也就隨著時間的沙漏，積累成心頭上的重量，讓人好難忘懷。

正因為影像留住了不同世代的記憶，因此，這次《謎詭Vol.3》主題推薦策劃的主要概念，便是希望透過影像這個主題，重新召喚回大家的推理記憶，也希望在重新閱讀這些小說與影像的過程中，能夠分享彼此記憶中那些經典的情感與畫面。

這次由名影評人景翔先生、日劇達人小葉先生與我共同選出這廿八本，在小說與改編電影方面都各有可觀的作品，分別以「大師經典」、「社會寫真」、「青春物語」及「家族哀歌」四種不同的角度呈現，希望同時透過這樣跨媒介的介紹，讓愛好推理的讀者能夠有雙重的閱讀享受。細心的讀者更可以比較看看，到底喜歡的是原作還是電影改編。

當然，選書原本就涉及個人美學的偏好，而這次的主題更要同時顧及小說與電影兩個層面，因此在選書過程中也引發我們的熱烈討論；再加上日本推理電影引進台灣的數量有限，所以還必須考慮電影的年代及發行狀況。但最後我們仍是本著不應該讓好作品寂寞的精神，選書的標準就集中在小說的代表性、電影改編的精采度與經典性，至於部分台灣引進管道有限的電影版本，我們也希望發揮如《謎詭》前兩集介紹的影響力，讓這些電影可以早日在台灣再版或被重新引進。

而最初在規劃的時候，我們也曾就日劇是否應該一併納入進行討論，最後因為尊重電影與日劇的表現形式不同，以及日劇改編的長度在介紹上有著較複雜的撰寫準備過程，最後決定先以電影為本次的主題。

這次相當感謝總編輯蕙慧姊的邀請，讓我能夠有幸擔任這次的總策劃，參與這麼有意義的推理事業，蕙慧姊對於《謎詭》的用心與堅持，以及對推理出版的熱情，實在令人敬佩。而在這過程中主編偉傑給予的協助及專業上的分享，也因為我們屬於同一世代，而能激發出相當多的創意。

還記得電影《新天堂樂園》裡，觀眾看到年輕的放映師Salvatore所播出那些過去被剪掉的電影片段時，激動地大喊：「老天有眼，他們終於接吻了！」對於台灣的推理與電影愛好者來說，我們終於能在這個秋天看到《謎詭Vol.3》出現，就像是過去散落的日本推理電影片段，終於能在這裡重聚，那些曾經被遺忘或忽略的推理時光，終於在此能夠重現，也讓那些不同推理世代的珍貴記憶，能夠再一次地，重新被喚回。

陳國偉 筆名遊唱。國立中正大學文學博士，現為國立中興大學台灣文學所助理教授。新世代小說家、推理評論家、ＭＬＲ推理文學研究會成員。

主題推薦
Recommend for Movie
01

天城山奇案

《天城山奇案》刻畫人性的出色作品

文／凌徹

社會派大師的短篇傑作

松本清張的短篇小說〈天城山奇案〉，刊載於一九五九年十一月的週刊誌《Sunday每日》，曾經被改編成電影與電視劇。

本作篇幅不長，故事也不複雜。小說由一名印刷廠老闆的回憶開始，他想起自己還是十六歲的少年時，離家出走登上天城山時的情況。在途中，他遇到了一名美麗的女子，兩人結伴同行。但當他們在路上碰見另一名高大的土木工人時，女子卻希望少年先走一步，少年雖然不願意，但在女子的堅持下也只能先行離去。當晚，在天城山上發生了命案，死者正是那名土木工人。警方查出那晚和死者在一起的女子名叫大塚花，她的嫌疑最重，也立即遭到逮捕。三十多年後，當時的承辦刑警田島，來到了印刷廠，與老闆談起這起事件。

事件本身相當單純，登場人物也不多，真相其實不至於會讓讀者感到太過意外。但松本清張是社會派的大師，兇手的身分自然不會完全等於謎底。就算讀者猜出兇手的身分，仍然難以猜測兇手殺人的動機。因此，或許可以這麼認為：兇手為何下手，動機何在，可能才是作者想要描述的重點。從少年的回憶，命案的完整紀錄，刑警的再訪與討論，到最後交織出這起天城山上的慘案真相，小說篇幅雖短，但一氣呵成，輕描淡寫的真相，卻足以給予讀者相當程度的衝擊，的確是松本清張的短篇傑作。

電影中更為鮮明的角色刻畫

這部作品在一九八三年被拍成電影，也在改編時對故事做了些許的更動。

原著中並未提到姓名的少年，在電影中有了名字，叫做小野寺建造，年紀也改成十四歲。至於飾演娼婦大塚花的演員則是田中裕子。說到田中裕子，國內的觀眾想必不會陌生，她的代表作「阿信」早已是家喻戶曉的人物，演技精湛，由她來扮演大塚花，的確是將這個角色詮釋得非常成功。

許多由長篇改編的作品，可能限於改編作品的播映時間長度，而不得不對原著做出劇情上的刪減。至於〈天城山奇案〉，反而是因為原著的篇幅不長，要演出所有的劇情並不困難，因而讓劇組得以有所發揮，補足原著中不足之處。於是我們可以看到，有一些原本並未多加著墨的情節，便成為電影中特別強調的部分。

例如大塚花，她所遭逢的處境比在小說中更詳細地呈現在觀眾眼前。她被逮捕帶向警局，遭到刑警以不人道的方式

松本清張

一九〇九年出生於北九州市小倉北區。因家境清寒，十四歲即自謀生計。經歷印刷工人等各式行業後，任職於朝日新聞九州分社。一九五〇年發表處女作〈西鄉紙幣〉一鳴驚人，並入圍直木獎；一九五三年以〈某「小倉日記」傳〉摘下芥川獎桂冠，從此躍登文壇。一九五七年二月起於月刊上連載《點與線》，引起廣大迴響。終其一生，創作作品數量驚人，被譽為日本昭和時代最後一位文學巨擘，社會派推理小說一代宗師。一九九二年去世。

逼問口供，乃至於最後在大雨中被送走，對著趕至現場的少年露出哀戚的淡淡微笑，以及向他無聲的道別，都在在表明了，相較於原著，電影希望將焦點多放在大塚花身上，並詳加描述她的境遇。這名凶殺案的嫌犯，在電影裡被賦予了更為鮮明的形象。

視覺化的衝擊帶給觀眾深刻印象

此外，兇手的動機，引起殺意的瞬間，以及行凶時的慘烈，也都以生動的畫面來表現。小說中的一頁描述，成為電影裡重要的演出，場景逼真，深刻寫實。視覺化的衝擊，不同於文字的效果，應能帶給觀眾更為深刻的印象。

小說與電影的合作，讓這個故事更為完整。一方面閱讀松本清張的原創內容，看作者如何詮釋故事，另一方面欣賞電影，觀看劇組的發揮與演員的傑出表演，相信必然可以得到更多的樂趣。如何忠於原著，又表現出改編作品的獨特性，是值得讀者與觀眾仔細品味的。

BOOKS

中文書名：天城山奇案
日文書名：黒い画集
作者：松本清張
台灣出版社：星光出版社
出版日期：一九八六年
日本出版社：光文社／新潮文庫
出版日期：一九五九年／一九七一年

MOVIE

片名：天城山奇案
導演：三村晴
主演：田中裕子、渡瀨恒彥、平幹二朗、伊藤洋一
上映日期：一九八三年
發行公司：松竹

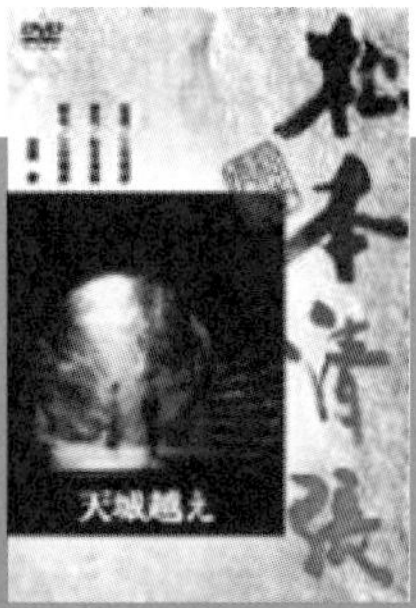

主題推薦 Recommend for Movie 02

亂步地獄

《江戶川亂步傑作選》四篇故事串連而成的怪奇世界

● 文／凌徹

亂步小說的影像化多不勝數

江戶川亂步的著作頗豐，改編搬上螢幕的作品多不勝數。日本電影《亂步地獄》，正是將亂步的四個短篇小說〈火星的運河〉、〈鏡地獄〉、〈芋虫〉與〈蟲〉加以影像化，於二〇〇五年上映。而在台灣，本片則是二〇〇六年第一屆角川影展中，五部放映電影之一，也讓國內觀眾有機會可以在大銀幕上一睹為快。

片中的四個故事，原著小說彼此之間並無關聯，如何將其整合是讓人好奇，不知在故事上會有什麼更動以便串連各篇。只不過顯然電影並不打算在此多加著墨，四篇仍然是各自獨立的故事，除了影星淺野忠信貫穿全劇，在四個故事中都有演出之外，從劇組人員到其他演員都完全不同。從這樣的製作方式看來，每個故事都呈現出不同的風格，也就不難想像了。

台灣過去出版的江戶川亂步譯作，絕大多數都是少年偵探系列，其他作品的數量不多。不過在本片的四部作品中，〈鏡地獄〉與〈芋虫〉曾經中譯，讀者應該不陌生的。

原著故事的大幅改寫

讀完小說再觀賞電影，可以發現四篇作品的故事已被大幅改寫，與原著有相當大的差異。在改編時，劇組保留了原本小說中的關鍵情節，以此為核心加以發揮。編劇並不拘泥於原本的故事，結果便是電影與原著可說大異其趣。

例如〈鏡地獄〉，小說裡描寫的是一個對鏡子抱有異常執著與迷戀的人，不斷追求各式各樣不同形狀與形式的鏡子，最後在某個物件出現時到達巔峰，是故事的最高潮。讓人意外的是，觀賞前原本是期待劇組如何將這個怪異的景象影像化，結果卻發現電影的情節截然不同。

在《亂步地獄》中，〈鏡地獄〉的故事被改編成連續殺人事件。鎌倉的茶道會裡，女子接二連三遭到殺害，而在命案現場，不知為何都會擺著一面鏡子。小說裡沒有出場的偵探明智小五郎在劇中擔任解謎的角色。完全不同的故事，只有小說中最後出現的那個物件是唯一的共通點。熟悉的情節，不同的演出，改編作品的樂趣，正在其中。

彷彿身歷其境的地獄景象

此外，片中露骨的性愛鏡頭與殘虐的怪奇景象，無時無刻都在挑動觀眾的神經。從〈火星的運河〉中的男人女體，〈鏡地獄〉的蠟燭滴身SM場景，手腳被割斷的芋虫與妻子之間的性愛畫面，乃至

江戶川亂步

本名平井太郎，一八九四年出生於日本三重縣，筆名是從美國文豪愛倫坡的名字轉音而來。一九二三年出道之後，日本現代推理小說正式宣告成立。早期創作精力旺盛，之後主力轉為引介海外作品至日本國內，以及培養後進。他在一九三六年開始創作的《少年偵探團》系列，對於往後的推理作家影響巨大。很多目前活躍於第一線的日本推理小說作家，都曾經嚮往過由小林少年領軍的少年偵探團。台灣讀者非常熟悉的《偵探學園Q》和《名偵探柯南》都可以看出這個系列的影子。一九六五年七月，亂步因病逝世，不過他的影響力至今仍未見衰退。

〈蟲〉中，女子屍體逐漸腐敗，男子不斷施以種種防腐與美化的處理，直到最後那令人做嘔的結局，在在都給觀眾帶來強烈的衝擊。登場人物心中那份扭曲的愛，也在不忍卒睹的畫面中，最直接也最赤裸裸地呈現出來。

在日本上映時，本片屬於「R-15」的級別，亦即未滿十五歲不得觀賞。而在台灣，則將觀影年紀更往上拉高，級別是限制級。的確，這並不是適合闔家觀賞的電影，但是所謂的「限制級」，這個籠統的詞彙，卻也難以精確傳達出本片僅限成人觀賞的理由所在。是暴力？是情色？還是其他？

看完電影，再回頭看看片名，《亂步地獄》這個原本並不讓人感到特別的劇名，變得十分貼切且有所共鳴。地獄，在這部片中，觀眾所見所聞就像是在見證地獄景象一般。變態性愛與怪奇情節，彷彿身歷其境的衝擊場景，都讓人留下深刻的印象。四個故事，並不只是難以置信的地獄影像而已，對一般人來說，除了感覺不快之外，那更是絕對不願踏入的世界。

BOOKS

中文書名：江戶川亂步傑作選
日文書名：江戶川亂步傑作選
作者：江戶川亂步
台灣出版社：華成出版
出版日期：二〇〇一年十一月
日本出版社：新潮文庫
出版日期：一九六〇年

MOVIE

片名：亂步地獄
導演：竹秀〈火星的運河〉、實相寺昭雄〈鏡地獄〉、佐藤壽保〈芋虫〉、兼子篤〈蟲〉
主演：淺野忠信、松田龍平、成宮寬貴、市川實日子
上映日期：二〇〇五年十一月
發行公司：UIP

主題推薦 Recommend for Movie 03

砂之器

《砂之器》小說・電影雙璧

● 文／景翔

歷久不衰的大師傑作

《砂之器》即使不是松本清張這位日本社會派推理小說開山祖師最具代表性的作品，至少也絕對是他的代表作品之一。這本長篇推理小說的篇幅浩大，情節曲折複雜，推理過程縝密細緻，尤其是提出社會問題，加以探討和批判，對犯罪者的心理又有深入的檢視和刻畫，而全書不但是善用了各種小說寫作技巧，在文字的處理上，也處處可見文采，實在可以說是「推理小說」這個文類裡，「推理」與「文學」並重，且都有上乘成績的一本傑作。《謎詭》連續三期的主題推薦好書，《砂之器》俱都上榜，也就是意料中的事了。

也許因為《砂之器》原著的戲劇性相當濃烈的關係，這本小說曾多次改編成電影和電視劇。以原書的篇幅來看，似乎改編成劇幅長大的電視劇集，應該更能完整地將原著作影像化地呈現出來，然而在眾多的改編作品中，成績最好，也最令人難忘的，卻是一九七四年由野村芳太郎所執導的電影。

小說和電影當然是兩種截然不同的藝術表現形式。小說以文字敘述來引發讀者的聯想而在腦海中產生畫面；電影則是直接讓觀眾接收到聲光影像。固然由於閱聽者都會因為個別的生活經驗和美感經驗不一樣而有不同的感受，但除了在多人聚集的場合中朗讀或討論之外，閱讀基本上是一件很個人化的事。而少了透過文字轉化而得到的美感距離，在必須以既定的影像換得大多數閱聽者的認同上，電影顯然要比小說困難得多。

而由原著改編的影視作品，其成敗關鍵，就在編、導、演以及製作等多個環節上。

成功的改編劇本

改編劇本所面臨的最大挑戰，是如何在最接近原著的情況下還能展現編劇者的創意。由橋本忍和山田洋次改編的《砂之器》電影劇本最成功的地方在龐大素材的取捨與剪裁上，原著中的重要關鍵幾乎完全保留，但是在處理上或繁或簡，乃至某些情節的重新排列組合，使電影和原著有如變裝一般，外貌有了新意，內在卻仍是原先的那個人。

演員方面，飾演男主角和賀英良的加藤剛無論造型、氣質或演技都遠勝二〇〇四年電視劇中的中居正廣，丹波哲郎的今西刑警比起渡邊謙飾同一角色的表現可說是旗鼓相當。

難以超越的經典之作

但真正讓電影版《砂之器》有那樣高出色成績的，還是導演野村芳太郎。他曾執導過好幾部由推理小說改編的電

松本清張

作者簡介詳見P.13

松本清張作品中譯本一覽表（台灣）1

《點與線》獨步文化
《眼之壁》獨步文化
《零的焦點》獨步文化
《影之地帶》新雨
《霧之旗》志文出版
《砂之器》獨步文化
《歪曲的複寫》新雨
《黑革記事本》獨步文化
《半生記》麥田出版(自傳)
《D之複合》新雨
《交錯的場景》新雨
《水之肌》新雨
《眼之氣流》新雨
《信玄戰旗》遠流，歷史小說
《憎惡的請求》新雨
《天才女畫家》新雨
《黑地之繪》新雨

表2請參閱P.19

影，其中松本清張的作品尤其不在少數（有「清張的女兒」稱號的宮部美幸在她的推理小說中，曾不止一次地寫出「像看野村芳太郎導演的松本清張作品」，也可見其成功）。在處理手法上，不僅是理路清晰，伏筆和照應尤其周密，而在節奏和懸宕氣氛的掌握上，特別能緊抓住觀眾的情緒。在電影中，利用「宿命」主題鋼琴協奏曲的演出時，配上父子二人在各地流浪的畫面，使得在菅野光亮撼動人心的音樂不斷在觀眾心中迴盪，這段帶給觀眾強烈震撼的蒙太奇，已成為難以超越的經典。

松本清張原著中所提出的社會問題，即使有其時代性，但時至今日，也未必就完全不復得見，不過更重要的是，不論原因為何，某些特殊事態所引發的歧視，壓迫，不願為人知的過去所形成的陰影，以自我保護為名的罪行等等的人性問題卻始終存在，野村芳太郎的電影《砂之器》也和原著一樣，讓我們感受到的不只是一件個案而已。

BOOKS

中文書名：砂之器
日文書名：砂の器
作者：松本清張
台灣出版社：獨步文化
出版日期：二○○六年十二月
日本出版社：光文社／新潮社文庫
出版日期：一九六一年七月／一九七三年三月

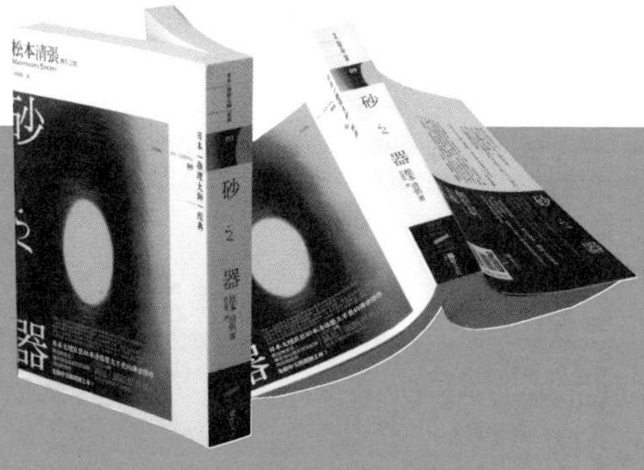

MOVIE

片名：砂之器
導演：野村芳太郎
主演：加藤剛、丹波哲郎、森田健作、春田和秀
上映日期：一九七四年
發行公司：松竹

霧之旗

《少女復仇記》對法律的深沉控訴

文／景翔

當法律保護不了好人

有人說「法律保護的不是好人，而是懂法律的人」。這話乍聽之下，似乎充滿了憤世嫉俗的味道，但是仔細想來，還真的很切合現實的狀況。單看政治界就有多少有權之人，在知法犯法之外，進一步再玩法脫罪，甚至還有為了便宜行事，居然可以自說自話地創立新的法規，而完全不顧應有的立法程序。至於一般升斗小民，縱使安分守己地生活，卻也必須具備某種程度的法律常識，否則萬一有了糾紛，或受到無理欺負時，想要奢望得到法律的保護，恐怕是緣木求魚吧。

柔弱少女的復仇

松本清張的《霧之旗》（國內由志文出版社出版，列為新潮推理系列內的中譯本，書名為《少女復仇記》）所說的就是一個和法律有關的復仇故事。

一個遠從九州鄉下千里迢迢來到東京的少女，請求盛名卓著的大律師，為她涉嫌強盜殺人罪行的哥哥辯護，對方卻以少女無法依規定付出高額費用和無暇處理等理由拒絕，結果被告在二審上訴期間死於獄中，罪名始終未能洗刷。

在這名和哥哥相依為命的少女心目中，認定大律師拒絕接案是哥哥冤死的主因，因而對大律師展開了復仇。其間過程雖然冷酷，但從少女的心理和立場來看，卻能了解她的可怕執念。

松本清張推理小說中的社會性，在《霧之旗》裡清晰可見，除了法律和公平正義多少還是受制於金錢的現實面之外，也暴露了警方為求破案，不惜讓被告屈打成招的黑幕，以及日本審判制度欺壓無力弱者的缺失，當然也充分顯示出不懂法律就難以自保的基本問題。

山口百惠的動人演出

《霧之旗》和松本清張的很多作品一樣，不止一次改編成電影和電視劇，其中最有名的大概就是由山口百惠和三浦友和，以及三國連太郎主演，西河克己執導的電影。

當年，山口百惠正當紅，她由歌壇轉戰影壇，和三浦友和以金童玉女的「人氣」搭擋，合演了一連串的影片，而且很多都是由日本文學名著改編，角色類型變化多端，雖不見得都能有精采的演出，卻始終是大受歡迎的銀幕偶像。不過在《霧之旗》中，山口百惠倒是很能掌握劇中角色的性

松本清張

作者簡介詳見P.13

松本清張作品中譯本一覽表（台灣）2

- 《女作家的秘密》林白，已絕版
- 《內海渡輪》林白，已絕版
- 《山之峽》林白，已絕版
- 《日本的黑霧》志文，已絕版
- 《水焰》林白，已絕版
- 《沙漠之死》林白，已絕版
- 《松本清張短篇傑作選》獨步文化
- 《紅顏薄命》林白，已絕版
- 《紅籤》志文，已絕版
- 《高中生殺人事件》林白，已絕版
- 《假瘋子兇殺案》志文，已絕版
- 《彩霧》林白，已絕版
- 《殺人機器的控訴》志文
- 《森林之花》林白，已絕版
- 《魂斷山崖》林白，已絕版
- 《賣馬的女人》志文
- 《蕭瑟樹海》林白，已絕版
- 《寶藏疑雲》志文

格，演來相當動人，再加上老將三國連太郎飾演大律師，表現出色，而雖為關鍵角色，但戲分沒有那麼重的三浦友和也算稱職，至少就演員部分來說是還不差的。

但就編導的表現來看，《霧之旗》則還有很多改進的空間，部分人物關係、關鍵線索，在影片裡並未能像原著中那麼清楚交代，因此在情節轉折上，不免讓觀眾覺得勉強，而也許是受道德主義影響，把結尾做了更改，也可能讓看過原著的觀眾覺得並無必要。

不過，即使在藝術表現上，電影略遜於原著，但是原著中強烈的社會意識，特別提出來的諸多問題，以及對社會上弱勢族群的關懷，在電影裡仍然呈現得相當明白。

而原著中女主角那種強烈的復仇執念，雖然衡情論理，或有值得商榷之處，卻又能引起讀者同情和認可的這種矛盾，影片中也能讓觀眾有類似的感受，就維持原著精神而論，這個改編的電影版本也算是成功了。

BOOKS

中文書名：少女復仇記
日文書名：霧の旗
作者：松本清張
台灣出版社：志文出版社
出版日期：一九八七年二月
日本出版社：中央公論社／角川文庫
出版日期：一九六一年／一九六四年二月

MOVIE

片名：霧之旗
導演：西河克己
主演：山口百惠、三浦友和、三國連太郎
上映日期：一九七七年
發行公司：東寶

犬神家一族

《犬神家一族》多次影像化的橫溝正史名作

文／凌徹

名偵探金田一耕助的著名探案

倒插在湖面上的屍體，身體被淹沒在水面下，雙腿張開朝向天空。

提到《犬神家一族》，上述的衝擊場景應該是許多人立刻浮現的印象吧。在這部名作中，有著橫溝正史筆下常見的大家族殺人事件，模仿三樣家寶「斧、琴、菊」的犯罪情景，詭異恐怖的陳屍方式，以及最重要的人物——名偵探金田一耕助。

故事是這麼開始的：金田一耕助接到律師助手若林豐一郎的委託，希望他調查信州的犬神一家。在犬神財團的創始人犬神佐兵衛過世之後，他留下的龐大遺產成為三個女兒與子孫們覬覦的目標。但眾人沒想到，他的遺書內容卻獨厚恩人的孫女野野宮珠世，指定由珠世決定遺產的分配。金田一來到信州，先是發現有人想要奪取珠世的性命，之後若林是遭到毒殺。在犬神家，一場瘋狂的殺戮就此展開。

間隔三十年的重新拍攝，意義非凡

這部名作，是橫溝正史的重要作品，多次被改編為電影或電視劇。其中，一九七六年市川崑導演的電影版，是相當受到矚目的一個版本。偵探金田一耕助一角，由石坂浩二飾演。這是他第一次扮演金田一耕助，也是改編作品首次讓金田一忠於原著中的形象。

在此之前，電影或電視中的金田一，大多是以西式裝扮登場，而非原本的和服穿著。金田一耕助第一次在銀幕中穿上和服，就是由石坂浩二所演出，因此顯得格外具有意義。之後，他又陸續主演金田一系列電影，包括《惡魔的手毬歌》、《獄門島》等等，成功塑造了石坂金田一的形象。此外，作者橫溝正史本人也在電影裡軋上一角，飾演旅館的老闆。戲分不多，卻也是讓讀者津津樂道的插曲。

在二〇〇六年，睽違三十年，導演市川崑依據一九七六年的版本，重新拍攝了《犬神家一族》。主角金田一耕助仍然是由石坂浩二主演，這是他第六次主演金田一耕助的電影，可說是回到了原點。而石坂浩二同時出版一本名為《我是金田一》的隨筆集，寫出主演者本人獨特的金田一耕助論，也為他的演出生涯留下紀念。

除了上述的兩位之外，前作的演出者中，包括署長、神官是仍飾演同一角色，還有幾位則是更換角色再演出。而從劇本、場景到運鏡、分鏡，也都能感受到前後兩部作品之間的緊密連結。再度演出的老班底，搭配新生代的演員，跨越三十年時空的重拍，話題性十足，相信必然能夠帶給觀眾不少的觀影樂趣。

影像化的影響力

至於最新的電視劇改編作，則是二〇〇四年由稻垣吾郎所主演，同時也是稻垣版金田一系列的第一部作品。劇組挑選《犬神家一族》作為系列首部作，不只要完整呈現出原作的內容，更是加入了一些巧思。除了最主要的犬神家事件之外，在最開頭還特別演出一段「誰也不知道的金田一」，內容描述金田一在美國時遭遇與解決的案件，以及因而遇見久保銀造的過程。雖然只是一段小插曲，但也可見劇組在製作時，並非只侷限在《犬神家一族》上，而更是以系列作品的第一作的角度，來製作稻垣金田一系列。

另外，在影像化時，或多或少都會更動原作的情節，而在《犬神家一族》的改編作品中，那具倒插在湖中的屍體，其實也有著不同於原作的設定。在原著中，屍體是倒插在結冰的湖面上，警方必須先辛苦破冰才能移動屍體。在搬上大銀幕後，湖面不再結凍，而是微風輕拂，水花濺起，波光粼粼。對許多人來說，當提到《犬神家一族》的倒插屍體時，腦海中浮現的場景可能正是一般的湖泊，而不是冰凍的湖面吧。由此，應該也可見影像化的影響力了。

橫溝正史

一九〇二年出生於日本神戶。曾陸續擔任《新青年》、《文藝俱樂部》、《探偵小說》主編。一九四六年春末，《本陣殺人事件》與《蝴蝶殺人事件》這兩部純粹解謎推理小說開始在雜誌上連載，影響了當時推理小說的創作，開創本格推理小說的書寫潮流。一九四八年，以《本陣殺人事件》獲第一屆日本偵探作家俱樂部獎。其代表作有《蝴蝶殺人事件》、《本陣殺人事件》、《獄門島》、《惡魔前來吹笛》、《惡魔的手毬歌》等，暢銷數十年不墜。作品中改編為電影、電視劇者不計其數，名偵探金田一耕助的形象深植人心。於一九八一年十二月因結腸癌病逝。

BOOKS

中文書名：犬神家一族
日文書名：犬神家の一族
作者：橫溝正史
台灣出版社：獨步文化
出版日期：二〇〇八年十月
日本出版社：角川文庫
出版日期：一九七二年

MOVIE

二〇〇六年
片名：犬神家一族
導演：市川崑
主演：石坂浩二、松嶋菜菜子、尾上菊之助、富司純子、松慶子
上映日期：二〇〇六年十二月
發行公司：東寶

八墓村

《八墓村》鄉野傳說、詛咒殺人的精采之作

文／細風

八墓村，一座位於日本鳥取縣與岡山縣交界處的破落村莊。透過橫溝正史之筆，神探金田一耕助於此解開了一樁帶著沉重宿命和悲劇性的連續殺人案。

被詛咒的八墓村

悲劇起於戰國時代元祿年間（距今約四四〇年），八位流亡武士載著黃金來到八墓村，卻遭村民殺害；半年後，帶頭殺害武士的田治見庄左衛門卻突然發狂砍殺村民，最後自刎而死。四百年後，田治見家族的家長要藏繼承了瘋狂暴虐的血液，在強娶的妾鶴子帶著兒子離家出走後，拿著日本刀和獵槍見人就殺，造成了三十二人的死亡悲劇，但兇手要藏卻就此失蹤，武士的詛咒再度帶給八墓村揮之不去的夢魘。

在屠殺事件過後二十多年，一個名叫辰彌的男子突然收到自稱是他外公的長者要與他相認的訊息，這才得知自己是田治見家族一員，更是當年被鶴子帶走的要藏之子。對八墓村歷史一無所知的辰彌回到家鄉，迎接他的卻是年邁陰沉的雙胞胎姑婆、醜陋暴戾的尼姑，以及環伺身邊的敵意。此時，接二連三的殺人案讓村人對他更加反感，甚至認定他就是招來不幸的人……。面對一連串的不幸和動機不明的兇手，金田一要怎麼解開詛咒背後的真相？

大銀幕上的神探金田一耕助

《八墓村》是橫溝正史以金田一耕助為主角的第四部作品，一九四九至五〇年連載於《新青年》雜誌。故事中令人髮指的要藏瘋狂連續殺人則是根據一九三八年的「津山事件」所改寫。該事件最終造成了三十人不幸身亡，兇手最後也以自殺了結生命。

橫溝正史的作品幾乎都曾被改編為電影，一九四七年東橫電影公司就推出《三本指の男》（改編自《本陣殺人事件》），飾演金田一的片岡千惠藏也於一九四七至五六年間演出了六部改編電影，其中便包括一九五一年的《八墓村》。

一九七〇年代中期，日本電影逐漸從衰退中復甦，出版社、電影公司、電視台三者也開始結盟合作，共同將暢銷小說改編為電影或電視劇。一九七六年角川春樹事務所推出由石坂浩二主演的《犬神家一族》，石坂浩二後來也於一九七七至七九年中間連續演出了四部金田一電影（但皆改由東寶電影公司出品）。

於此同時，和東寶電影公司同為日本元老級的松竹電影公司則於一九七七年推出由野村芳太郎導演的《八墓村》。當時的野村芳太郎才拍完被譽為經典的《砂之器》（一九七四年）沒多久，便著手拍攝橋本忍改編的《八墓村》（橋本忍也是《砂之器》的編劇）。

歷久彌新的八墓村

橫溝正史

作者簡介詳見P.21

橫溝正史中譯本一覽表（台灣）

《蝴蝶殺人事件》獨步文化
《惡魔前來吹笛》獨步文化
《獄門島》獨步文化
《惡魔的手毬歌》獨步文化
《八墓村》獨步文化
《犬神家一族》獨步文化
《本陣殺人事件》林白，已絕版
《神秘夢中人》林白，已絕版
《醫院坡血案》加珈文化，已絕版

透過野村芳太郎的詮釋，可以深刻感受到片中八墓村的陰鬱，武士遭殺害、以及要藏發狂殺人的片段相當寫實、震撼，鐘乳石地道場景也忠實呈現，而配樂也是磅礡之中帶有濃厚的悲劇性。該片的選角可說相當貼近原著，但筆者認為唯一的缺憾反倒是飾演金田一的渥美清。以《男人真命苦》系列創造日本影史傳奇的渥美清在片中憨實平凡的外型實在和「神探」二字有段差距。

一九九六年東寶電影公司推出第三版的《八墓村》，該片由市川崑導演、豐川悅司飾演金田一。市川崑是日本影史上重要的導演，也曾執導多部改編自文學作品的電影，前述石坂浩二所主演的金田一系列便皆為由他執導。一九九六年版本的登場角色與原著較為接近，但或許為了配合男女主角的戲分，後半段許多情節與原著差距較多，多少削弱了故事的緊湊和張力。

八墓村也曾多次被改編為電視版本，最近的版本是二〇〇四年，主演金田一的是稻垣吾郎，其他演員則包括藤原龍也，以及飾演「橫溝正史」的小日向文世等。或許拜拍攝技術和「時代感」之賜，筆者認為這個版本的精彩程度最高，包括金田一的風采、辰彌的優柔怯弱，以及針對原著劇情的些許修正和最後兇手下場的安排等都極為用心，相當值得一看。

BOOKS

中文書名：八墓村
日文書名：八墓村
作者：橫溝正史
台灣出版社：獨步文化
出版日期：二〇〇八年七月
日本出版社：角川文庫
出版日期：一九七一年

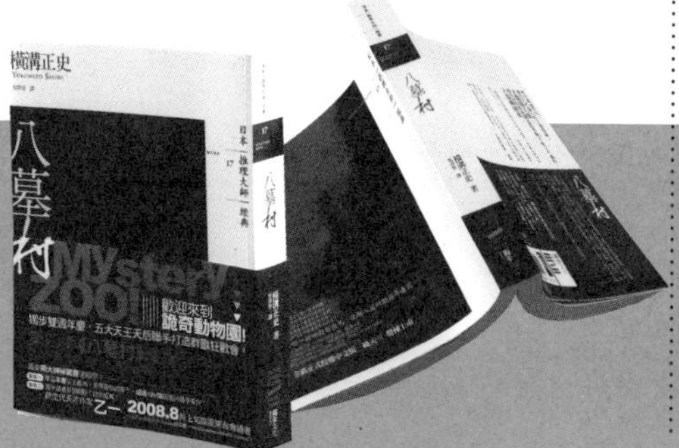

MOVIE

片名：八墓村
導演：野村芳太郎
主演：渥美清、荻原健一、山崎努、小川真由美
上映日期：一九七七年十月
發行公司：松竹

惡魔的手毬歌

《惡魔的手毬歌》當手毬歌真的被唱出來

● 文／曲辰

熟悉日本出版史的人，大概都會知道角川春樹這號人物，他是角川書店第二代主事者，有著與當時出版人相當不一樣的眼光與信念，因此招致許多批評，但最起碼他做了兩件事情，將在日本出版界留名。

一是他讓娛樂文學進入了「文庫」（指小開本、價格較低廉的書籍）的行列，在此之前，所謂文庫本多以古典、學術及具歷史意義的作品為主，七〇年代初期，角川春樹將文庫原本具備的經典意義改變成「消費品」，將大眾小說收入文庫，還在電視上打廣告，獲得讀者廣大的迴響。

另一則是他在一九七六年起，與當時已略顯疲態的電影製作公司合作，挾帶角川當時的龐大資金，主動推出由小說改編的電影，主要是為了帶動小說的買氣，沒想到大為成功，於是連連複製相同的成功公式，史稱「角川商法」。

角川春樹所挑選的首部改編作品，就是推理小說大師橫溝正史筆下的偵探金田一耕助系列名作《犬神家一族》，結果電影大賣，連帶也使得書的銷量翻上幾番。於是角川春樹趁勝追擊，不但繼續改拍橫溝正史的小說，之後也陸續推出了赤川次郎、森村誠一等作者的改編電影。

本文要介紹的，是橫溝正史由市川崑所改編的第二部作品：《惡魔的手毬歌》。

巨匠與大師

當初角川春樹欽點市川崑拍攝《犬神家一族》的原因，或許是因為看上他曾經改拍過《鍵》、《金閣寺》與《破戒》等文學名著吧。事實上，當時拍攝《犬神家一族》時，市川崑也是以文學性為主要考量重點，從原著中挖掘出悲劇美學(附帶一提，在角川文庫上千本小說中，目前印量最高的就是森村誠一《人性的證明》，足見當時電影與小說互相拉抬的力道之強悍。)與宿命的糾葛等元素，藉著導演特有的鏡頭語言，鋪敘出原作並未著墨的力道。

在經歷過《犬神家一族》磨練過後，市川崑明顯找到了與橫溝正史作品的相處之道，因此拍出了一部不至於是亦步亦趨，但是每個人看了都會驚呼其緊扣原著精神的作品。

拍攝金田一耕助為主角的作品時，市川崑多半自己操刀撰寫劇本（編劇在工作人員列表中為九里子亭，這是市川崑的別名），而不是像其餘電影由其夫人和田夏十先著手改編，再由他修改。或許可以說，導演本人對於改編推理大師的作品，心中早已有了定論，因此可以獨立作業，創造出自己最能掌控的敘事節奏。

導演基本上是沒有更動太多原作的結構，只是在細微的時間點上有著前後略微調動的鋪排，一方面是讓讀者更容易透過鏡頭理解故事，一方面則是可以營造出與小說不太相同的懸疑感。特別是手毬歌的部分，由村井邦彥作的曲相當成功，乍聽並不特別，但有著奇特的質感，使得人心惶惶。在

橫溝正史

作者簡介詳見P.21

橫溝正史中譯本一覽表（台灣）

《蝴蝶殺人事件》獨步文化
《惡魔前來吹笛》獨步文化
《獄門島》獨步文化
《惡魔的手毬歌》獨步文化
《八墓村》獨步文化
《犬神家一族》獨步文化
《本陣殺人事件》林白，已絕版
《神秘夢中人》林白，已絕版
《醫院坡血案》加珈文化，已絕版

原作有著預告殺人含意的手毬歌，在電影卻是隨著命案揭露才告知觀眾，除了特別營造出的驚悚氛圍，卻也營造出讀者對於接下來出現的可能死者的期待度。

鏡頭決定一切

除了劇本之外，市川崑的鏡頭語言更是成功的關鍵。

以開頭為例，相較於小說理性敘述鬼首村手毬歌的來歷與內容，電影卻是以田野中一對青年男女纏綿擁吻作為開場，儘管動作看來綺麗，但偏藍灰的色調讓觀眾的視野有種不清爽感，畫面邊緣的樹伸出將天空劈開的平行枝幹，也讓整個敘事氣氛顯得壓抑而低調，可以說一開始就充分抓住讀者的目光。

之後發生的一連串命案，市川崑更徹底表現了他的銀幕美學，雖然不像《犬神家一族》有著經典的雙腳成V字倒插在湖中的畫面，但是每幕都有著獨到的設計，例如第一個死者口啣漏斗倒臥在瀑布下，其中濃厚的日式風情令人難忘，第二個死者的出場更具備了恐怖片的元素，觀眾可以說是目不暇給。

《惡魔的手毬歌》無論是小說或是電影，都是橫溝正史推理小說的上乘之作品，特別是電影將影像、音樂融為一體，搭配上緊湊的劇情，鋪陳出日本推理影壇上難得的傑作。

BOOKS

中文書名：惡魔的手毬歌
日文書名：悪魔の手毬唄
作者：橫溝正史
台灣出版社：獨步文化
出版日期：二〇〇八年二月
日本出版社：角川文庫
出版日期：一九七一年

MOVIE

片名：惡魔的手毬歌
導演：市川崑
主演：石坂浩二、岸恵子、仁科明子、北公次
上映日期：一九七七年四月
發行公司：東寶

人性的證明

《人性的證明》
尋找人間最後的救贖

文／夏空

經濟強權風光背後的沉淪

《人性的證明》原著於一九七六年出版，由於架構厚實，內容亦富含人性與欲望的複雜糾葛，歷年來成為一次電影與四次電視劇的改編對象。本文所述者為最早的改編作品，一九七七年發表的電影。

原著與電影創作的年代，正值日本經濟由高峰逐漸著陸的時期，雖然高度成長的榮景不再，卻也正是日本由製造力、生產力為發展主體的重工業大國，蛻變為以技術力、設計力制霸全球的經濟強權的轉型時刻，國力快速成長、累積的同時，社會卻也陷入追逐金權物質的迷失。作品中所描述的父母、子女、夫妻間家庭關係破敗扭曲的亂象，正反映了當時日本社會風光發展背後沉淪的一面。

原著篇幅浩大，要改編為長度有限的電影，勢必對內容要有所取捨，本片的選擇是增加對主要人物八杉恭子與刑警棟居弘一郎的戲分，並全面簡化支線內容與搜查過程。

電影中八杉恭子的職業由教育評論家與作家，搖身一變為新銳服裝設計師，相應運而生的是穿插於全片中的三段服裝秀，卻毫無任何情節交代的意義，八杉職業的修改只是為了增加走秀片段的添足之作，冗長而空洞，反而妨害了觀片的節奏，成為本片最大的敗筆。

至於刑警棟居弘一郎的部分，雖然原來主線中的搜查過程被大幅簡化，但影片新增了原著中所沒有的出國辦案，讓棟居的紐約之行銜接原著中的支線，同時埋下結尾的伏筆；飛車追緝罪犯的橋段，拍來頗有美式警匪片的風格，也為片子注入一些動作片的成分。

鏡頭下的七〇年代

另外不得不提的是，儘管因為時代因素，影片的拍攝手法、燈光、成像品質等技術層面的水平都難以與現今電影或電視劇集相比，但也是因為時代因素，片中人物服裝、場景和道具，反而最貼近原作內容；除了棟居赴海外辦案的過程之外，片頭被害者強尼．海華德與片尾美國警探肯．薛夫坦的片段，亦遠渡重洋至類似原著所敘述的場景取鏡，雖然這些外景佔全片的比例不大，卻可以讓現在的觀眾一窺七〇年代紐約的城市風貌，對小說的讀者而言，更能從這些畫面中，體會到作者所描寫的社區氛圍與階層差距，透露出後續改編作品所難以傳達的時代意義。

影片中另一個令人印象深刻的是兇手最後的告白。經過一夜追逐，兇手回到埋藏回憶的霧積，站在崖邊向窮追不捨的警探說明一切之後，於初昇的朝陽中縱身一躍，此時鏡頭轉切為山谷中翩翩旋轉的一頂草帽，初時在風中緩慢下降的草帽，忽地失速翻轉墜落，彷彿書裡奮力逃避歷史洪流所帶

森村誠一

一九三三年生於日本埼玉縣，畢業於青山學院大學英美文學系，之後在飯店界工作了十年，包含一九六九年獲得第十五屆江戶川亂步獎的《高層的死角》等初期作品，即是這段工作經驗的活用之作。一九七三年以《腐蝕的構造》獲得第二十六屆日本推理作家協會獎，確立了他的推理小說文壇地位。之後作品風格從解謎轉為帶有社會派傾向的犯罪、懸疑小說。一九七六年發表的《人性的證明》獲得了巨大的迴響，成為森村最重要的代表作。二〇〇三年獲得第七屆日本推理文學大獎。

來的陰影的人們，最終仍被淹沒，那畫面在讀者眼底與西条八十的詩相結合，留下難以磨滅的意象，是比原著戲劇化許多的處理方式，也更加感動人心。

意外的結局

原著在書末有一段特殊的安排，也就是肯・薛夫坦在哈林區遇刺事件，這個放在兇手自白高潮之後的神來之筆，出乎意料地提供了一般社會派作品中少見的意外性，特別之處在其不同於解謎推理作品裡那種以超乎讀者邏輯、打擊讀者思考盲點的設計，而是對讀者閱讀心態的突襲，當讀者心理上已經有了面對終了的預設立場，出乎意料地再以一個劇烈事件為美國警探當年在日本的暴行做一個註解，當書中人物的罪惡感最終獲得救贖的同時，讀者也因為報應不爽而得到心情的釋放；電影中則利用棟居在美查案過程中爆發的衝突，將事件中兇手的動機具體化，與原著想傳達的意義不盡相同，但凸顯因果循環的結局也能帶給觀眾另一種不同的體會與省思。

喜歡《人性的證明》的讀者，如果有機會看看這部三十多年前的作品，一定可以在片中找到一些當時的吉光片羽，然後在腦海中創造屬於自己獨有的畫面。

BOOKS

中文書名：人性的證明
日文書名：人間の証明
作者：森村誠一
台灣出版社：獨步文化
出版日期：二〇〇六年十一月
日本出版社：角川書店／角川文庫
出版日期：一九七六年／一九七七年三月

MOVIE

片名：人性的證明（台）、人間的證明（港）
導演：佐藤純彌
主演：松田優作、岡田茉莉子、三船敏郎
上映日期：一九七七年
發行公司：東映

(場刊)

名家專欄

犬神家以前、犬神家以後

日本電影與推理小說的發展

● 文／玉田誠　● 譯／王華懋

思考電影與推理小說的關係時，第一個想到的應該會是以小說為原作改編的電影吧。筆者這次打算夾雜個人的經驗，一面回顧一九七〇年代那充滿獨特熱度的時代，來談談日本的電影與推理小說的交融。

令人印象深刻的《犬神家一族》

若是要出生在一九六七年的筆者舉出一部印象最深刻的推理電影，絕對非橫溝正史原作、市川崑導演所拍攝的《犬神家一族》莫屬。說是市川崑導演的《犬神家一族》，也並非二〇〇六年由導演親自重新翻拍的作品，而是指一九七六年所拍攝的原版。

回想上映當時的盛況，筆者深深地感覺到這部作品已經超越了單純的橫溝作品電影化這樣的範疇，而形成了一個巨大的社會現象。此外，從平成的現在回溯日本的推理電影史，應該也能夠區分為「犬神家以前」與「犬神家以後」兩個時期。

這部作品誕生的經過有著許許多多的軼聞，但是在述說這一點之前，筆者想先回顧一下當時的時代背景。七〇年代，對日本而言是個什麼樣的時代？我想藉由探究這一點，應該更能夠理解《犬神家一族》這部電影是如何引發了狂熱的風潮。

筆者仍是個孩童的七〇年代，若是以推理小說中熟悉的說法來形容的話，或許可以稱它為怪奇幻想的時代。當然，若是從政治經濟或社會學等嚴肅的觀點來看，也有不同的看法。但是在這裡，重要的是，從孩童觀點所看到的席捲當時大眾文化的時代氛圍。當時並不像現在，既沒有電玩也沒有網路，唯一的娛樂只有電視、電影及漫畫、小說。讓孩子們耽溺其中的這些大眾文化，究竟醞釀出什麼樣的氛圍？首先先來回顧這部分。

怪奇幻想的時代

一九六〇年代後半——若換算為年號，是昭和四〇年代——《犬神家一族》上映約十年前，彩色電視總算開始普及到日本一般家庭當中。進入七〇年代以後，重新播放的《超人力霸王》（ウルトラマン）（一九六六～

玉田誠　一九六七年出生、推理小說愛好者，特別偏愛日本、台灣推理小說。
部落格**taipeimonochrome**的管理人。

一九六七）及《超人力霸王七號》（ウルトラセブン）（一九六七～一九六八），還有七二年開始播放的永井豪原作的《惡魔人》（デビルマン）等電視動畫擄獲了絕大多數兒童的心。

一九七六年開始，「川口浩探險隊系列」開始播放，這是一部赴各國祕境探險，搜索UMA（未確認生物）的紀實綜藝節目。此外介於黑猩猩與人類之間的謎樣「奧利弗」（註一）在傳奇節目製作人康芳夫的安排下自美國來訪日本，也是七六年的事。

如此這般，不知是敏感地察覺了渴求未知與怪奇事物的大眾欲望，或者是在時代氛圍的推動下，當時的電視台相爭播放充滿怪奇趣味的節目，與亂步那個時代的「情色、醜怪、荒誕」（註二）有著相通之處，形成所謂超自然風潮。

*1976*年上映的《犬神家一族》在日本推理電影史上意義非凡
*2006*年市川崑再次親自重新翻拍

橫溝正史是日本推理文壇泰斗

此外，只要去到書店，就可以看到楳圖一雄（楳図かずお）的《恐怖》、《怪奇》、《木乃伊老師》等怪奇漫畫陳列，而學習研究社的「青少年冠軍叢書」、講談社的「DRAGON BOOKS」以及立風書房的「JAGUAR BOX」等書系，皆以兒童入門書的體裁，接二連三出版《世界的超能力者》、《魔術妖術大圖鑑》、《地球遺跡外星人之謎》（JAGUAR BOX）、《追蹤神祕怪獸・珍奇異獸！》、《怪奇推理小說》（青少年冠軍叢書）、《吸血

註一：奧利弗是一九六〇年於非洲捕獲的疑似黑猩猩的生物，由於牠兩腳站立行走以及毛髮稀疏、異於一般黑猩猩的舉止等特徵，讓奧利弗是人與黑猩猩交配生下的傳聞甚囂塵上。七六年渡日時，電視台在節目中為牠徵求新娘、鑑定DNA等，創下了驚異的高收視率。

註二：指流行於昭和初期的一種頹廢的社會風潮。

鬼百科》、《四次元推理小說》（DRAGON BOOKS）等書籍。

就在世間充滿了超自然風潮的七〇年代後半，市川崑導演所電影化的《犬神家一族》上映了。

筆者在這裡特別強調當時的超自然風潮，當然有其用意。只要是推理小說迷都知道，橫溝正史的《犬神家一族》是一部本格推理小說的傑作，而非恐怖小說。但是我想特別提出的是，《犬神家一族》的電影比起本格推理的結構，更誇大了它怪奇幻想的風格，等於是搭上了社會上流行的超自然風潮的便車而大為賣座。那麼，《犬神家一族》是因為什麼樣的緣由，才得以電影化呢？我們來看看其中的經過。

談到《犬神家一族》的電影化，絕不能忽略的，就是當時的角川書店的社長角川春樹。當時的出版社巨頭為講談社、小學館及集英社三家，角川雖然也出版文庫，但是與前述三家出版社相比，銷售量不及三分之一，算是中堅出版社，單行本的銷售量也差強人意，若是文藝春秋或集英社等出版社加入文庫市場，顯而易見地，中堅出版社的角川肯定會屈居劣勢。

就在這個時候，角川春樹相中了橫溝正史。關於春樹先生是如何注意到橫溝的作品，根據當時留下的紀錄，春樹先生讀了在少年漫畫雜誌連載的《八墓村》（應該是在《週刊少年雜誌》連載，由影丸讓也作畫的作品），確信這種怪奇浪漫的風格與社會流行的超自然風潮完全契合。

角川跨媒體行銷手法大獲成功

角川春樹拜訪臥病的橫溝正史，獲得將他的作品全數文庫化的許可後，配合七五年ATG電影公司的《本陣殺人事件》上映，盛大地舉辦了「橫溝正史歸來」的書展活動。書展在半年之間賣出了五百八十萬本作品，大為成功；翌年，春樹先生親自參與電影製作，計畫將橫溝正史的作品電影化，第一部作品就是《犬神家一族》。

耗資兩億圓如此龐大製作費所完成的《犬神家一族》，票房收入十七億圓，淨收益七億圓，是一部大為成功的賣座電影；而前一年便已舉辦的橫溝正史書展活動也卓有成效，正史的書銷售量超過兩千萬本。書與電影相輔相成，其後角川大力推動的跨媒體行銷手法獲得了完美的成功。

電影上映的時候，就連居住在鄉下城市、還是個小學生的筆者，都能夠充分地體感到《犬神家一族》並非單純的電影或小說風潮，而是可以稱之為社會現象的巨大潮流。即使是鄉下地方的小書店，也在平台上陳列了許多橫溝正史的文庫本；而放映《犬神家一族》的電影院，全都大排長龍。學校的體育課一到游泳課，男學生們便競相跳進泳池裡，將雙腿伸出水面，模仿電影中著名的倒立姿勢；至於戴著白色橡膠面具的佐清更是盛名遠播，就連沒看過電影的孩子也知道他。這可歸功於角川在電視上強力放送的廣告獲得了卓越的成效吧。

就這樣，靠著《犬神家一族》打出全壘打的角川，後來也陸續藉著跨媒體行銷手法創造出許多風潮。翌年七七年，拍攝西村壽行原作《渡過憤怒的河流吧》（君よ憤怒の河を渉れ）的佐藤純彌導演完成了森村誠一原作的電影《人性的證明》，七八年同樣地由佐藤導演執導的《野性的證明》上映。松田優作主演的《人性的證明》以引用自西条八十的詩集的一段台詞「媽媽，我的那頂帽子怎麼了」，以及由JOE山中所演唱的主題曲風靡一時。這種在電視廣告中播放主題曲來引起觀眾興趣的嶄新手法，也運用在八一年上映的橫溝正史原作、篠田正浩導演的《惡靈島》中，主題曲是披頭四的名曲〈Let it be〉。此外，《惡靈

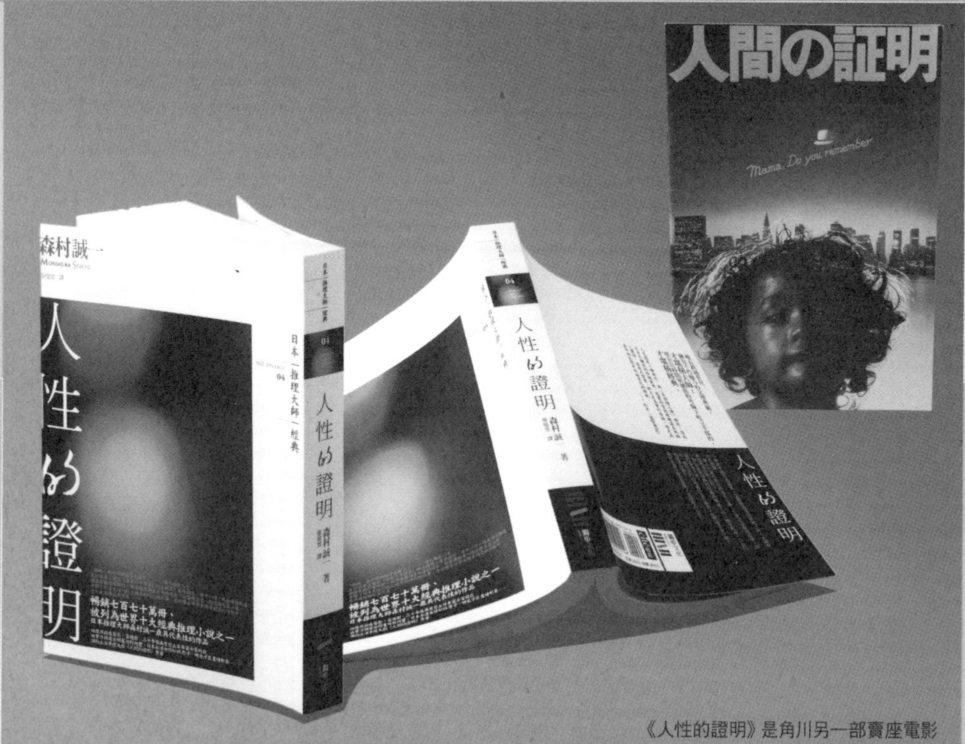

《人性的證明》是角川另一部賣座電影

島》也和《人性的證明》一樣，以「驚悚的鵺啼之夜」（註一）作為廣告詞，與〈Let it be〉同樣給人留下了鮮明的印象。

電影《犬神家一族》呼應令孩童們也沉迷其中的超自然風潮，凸顯橫溝作品的怪奇浪漫作風，如今回顧這部電影，可以發現雖然它並非以作品中本格推理的部分受到世人歡迎，但是其後的角川電影幾乎都是廣義的推理作品，這一點相當令人玩味。

推理小說改編電影的風潮

以七七年的《人性的證明》、七八年的《野性的證明》為始，七九年有《人性的證明》的主角松田優作主演、村川透

註一：鵺為《平家物語》中登場的傳說怪物，頭為猿猴，身體為狸，尾巴為蛇，手腳為虎，聲音似虎鶇。

導演、大藪春彥原作的《戰慄獵殺》（註一），以及同樣由村川導演拍攝、高木彬光原作的《白晝的死角》公開上映。

八一年除了《惡靈島》之外，有高林陽一導演的橫溝作品《藏之中》，以及赤川次郎原作、藥師丸博子主演、相米慎二導演的《水手服與機關槍》（セーラー服と機関銃），翌年八二年則有西村壽行原作、長谷部安春導演的《化石的荒野》，以及赤江瀑原作、高林陽一導演的《雪華葬刺》（雪華葬刺し）上映。

從八三年起，赤川次郎的作品逐一被改編為電影。八三年有《戰慄獵殺》的松田優作與《水手服與機關槍》的藥師丸博子共同演出的《偵探物語》，翌年

《水手服與機關槍》中的藥師丸博子令人難忘
此為當時的電影傳單

楳圖一雄的漫畫瀰漫著恐怖氣息

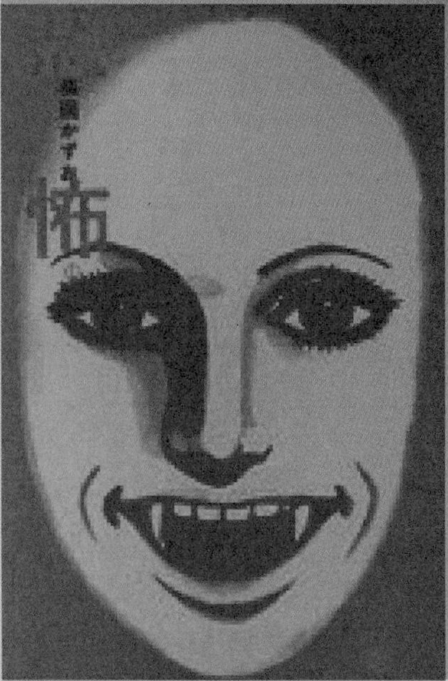

《獄門島》、七八年的《女王蜂》，以及七九年的《醫院坡的上吊之家》（病院坂の首縊りの家）等等。

於是，角川春樹掌握了七〇年代的超自然風潮的時代氛圍，以跨媒體行銷的手法使得橫溝推理小說的電影化獲得成功，但是這樣的嘗試不僅止於橫溝作品，透過電影化，推理小說這個類型的作品得以廣為人知。

那麼，在《犬神家一族》之前，就沒有推理小說被拍攝成電影嗎？當然並非如此。例如江戶川亂步的作品中，〈一寸法師〉在四八年由市川哲夫導演改編為電影，五五年再一次由內川清一郎導演重新電影化。而名偵探明智小五郎系列以四部作的

形式，《青銅魔人》由穗積利昌導演在五四年開始電影化；少年偵探團系列中，電影化的有《妖怪博士》（一九五六，由小林恒夫導演）、《二十面相的復仇》（一九五七）、《夜光的怪人》（一九五七，導演皆為石原均導演），此外還有《蜘蛛男》（一九五八，由山本弘之導演）、《黑蜥蜴》（一九六二，由井上梅次導演）、《盲獸》（一九六九年，由增村保造導演）；另外石井輝男導演將〈帕諾拉馬島奇談〉（パノラマ島奇談）與《孤島之鬼》兩作品合為而一，以《恐怖奇形人》（恐怖奇形人間）這個片名電影化。

較令人意外的，是有許多高木彬光的推理小說被電影化，像是《我在一高時代的犯罪》（わが一高時代の犯罪）（一九五一，由關川秀雄導演）、《刺青殺人事件》（一九五三，由森一生導演）、以《蛇神大人》（蛇神様）為原作的《蛇神魔殿》（一九六〇，由工藤榮一導演）、以及中重雄導演的《検察官霧島三郎》（検事霧島三郎，一九六四）、《告密者》（密告者，一九六五）等等，包括時代作品在內，數量超過了十部。

但是與主動、大膽的宣傳手法創造出風潮，吸引了更多一般大眾的角川電影相比較，兩者之間的差異立見分曉，讓人不禁想要以「犬神家以前、犬神家以後」這樣的區分，來界定日本的推理電影史。

日本的推理電影大眾化的功臣

《犬神家一族》可說是使日本的推理電影大眾化的功臣，它以超自然風潮的時代作為後盾，靠著原作本身的怪奇浪漫風格形成爆發性的潮流。這樣的過程，令人想起戰前戰後的偵探小說的演變與普及。

戰前戰後的偵探小說稍微偏離了推理小說推理解謎的基本結構，充滿「情色、醜怪、荒誕」風格，是除了推理小說迷，也吸引了一般大眾的原因。《犬神家一族》的電影也是如此，不是以作品中心的詭計，而是靠著「斧、琴、菊」的模擬殺人的幽玄氣氛、還有猿助這個怪誕的登場人物造型、自湖面伸出的兩條腿這些怪奇趣味的景象，引發了一股大風潮。這一點是不容忽視的。

以上，在說明七〇年代這個特異的時代背景同時，也回顧了昭和日本的推理電影史。綾辻行人就在七〇年代這個時代當中，透過小說、漫畫、電視、電影等等吸收了怪奇幻想、怪奇浪漫這股濃密的空氣，度過他多愁善感的少年時期，終於在二十年後締造了「新本格」這個推理小說史上的嶄新時代。關於這一部分，若是有機會做「漫畫與推理小說」為主題的特集時，希望能夠對此加以深入探討。

註一：原作《蘇える金狼》，為《甦醒的金狼》、《復活金狼》之意。

大誘拐

《大誘拐》綁架前，先深入了解肉票吧！

文／呂仁

勇奪日本推理作家協會獎的長篇傑作

《大誘拐》是天藤真於一九七八年發表，翌年奪下日本推理作家協會獎的長篇推理小說，是一部娛樂性高，讀完會大呼過癮的作品。

故事在講述一個名為「彩虹童子」的三人犯罪集團，企圖綁架有錢老婦人柳川年子，勒索的金額高達一百億日圓，綁架消息曝光之後，自然引起社會高度關注。然而，綁架這種需要精密計畫的犯罪，並非一般小混混所能設想周到，所以整個綁架計畫從「彩虹童子」動手綁架那一刻起，就朝著意料之外的方向發展。

彩虹童子主謀戶並建次與另兩位同夥不同，他懂得謀劃，認為「綁架是最需要智慧的犯罪」，甚至提出「綁架六大難題」來思考如何犯案。一、綁架肉票此事本身的難度；二、藏匿人質的地點與方法的難度；三、取得贖金的方法；四、釋放人質後綁匪自身的安危；五、防止夥伴內鬨；六、如何使用贖金。基本上，許多以「綁架」為主題的推理小說，就是圍繞在這些綁架的難處上打轉。然而，以戶並建次為首的「彩虹童子」犯罪集團，在費盡心力完成綁架老太太的行動之後，其後的每一步，都偏離原先的計畫。

究竟這一起警察口中充滿「獅子的魄力、狐狸的狡猾、熊貓的親切」的宏大計畫，是如何形成的？出乎綁匪意料的後續發展，成就了這一部幽默機智的推理小說。

卡司堅強，極受歡迎的改編電影

電影作品直到小說出版的十三年後才搬上大銀幕，與小說一樣受到喜愛，由岡本喜八執導，北林谷榮、緒形拳（甫於今年十月去世）、風間徹等演員主演。

導演岡本喜八於隔年在日本電影學院獎以此片奪下最佳導演與最佳劇本獎；矮小的白髮老太太柳川年子由北林谷榮女士擔綱，當年已八十歲高齡，書中設定的老太太為八十二歲，十分接近。這位充滿慈愛與智慧的角色，由這位老人家來扮演相當具有說服力，果然也在翌年勇奪日本電影學院最佳女主角獎。

和歌山縣警局局長井狩大五郎由緒形拳演出，風間徹則飾演「彩虹童子」中年輕機警的主謀戶並建次。

電影版的《大誘拐》相當忠於原著，犯案的動機與導火線、綁架的過程、取款的設局、人物角色間的關係幾無更

天藤真

本名遠藤晉，一九一五年生於日本東京，東京帝國大學文學科畢業，一九八三年去世。一九六二年以〈親友記〉獲得《寶石》徵文獎佳作出道，一九七九年以《大誘拐》獲得第三十二屆日本推理作家協會獎。天藤作品數雖少，但全屬佳作。他的作品不光是幽默風趣，也有著洞悉人心的機智詼諧。此外，天藤筆下的坐著輪椅的少年岩井信一，也是日本推理小說史上的著名安樂椅偵探之一。

動，對於懷有「原著至上」心態的推理迷而言，是一部可以安心觀賞的作品。然而，也由於忠於原著，所以僅能欣賞各個主角恰如其分地飾演書中的人物，電影並未創造出太多小說範疇以外的觀影樂趣。

電影情節雖然與小說無太多不同，但台日文化畢竟有所差別。對台灣讀者而言，至少有兩件事是透過電影可以更深入了解小說的。

其一是「擊掌為誓」，當彩虹童子與柳川老夫人首度碰面時，柳川老夫人要求綁匪放走隨行的少女，並且「擊掌為誓」，單看小說並無法看出要怎麼個擊掌法，而此在電影中忠實地表現出來，台灣觀眾看來是相當有意思的。三個蒙面綁匪與人質在山間小徑煞有介事地擊掌，荒謬而不搭調的景象，令人發噱。

其二為小說最終章所修築的佛堂，看過電影之後才真正了解原來日本庭院裡的佛堂，原來是這麼小一間，照作者的說法，這間佛堂可是價值不菲呢！

BOOKS

中文書名：大誘拐
日文書名：大誘拐
作者：天藤真
台灣出版社：台英社
出版日期：一九九九年二月
日本出版社：カイガイ／創元推理文庫
出版日期：一九七八年／二〇〇〇年
★全新中譯本將由獨步文化出版

MOVIE

片名：大誘拐
導演：岡本喜八
主演：北林谷榮、緒形拳、風間徹、內田勝康
上映日期：一九九一年
發行公司：東寶

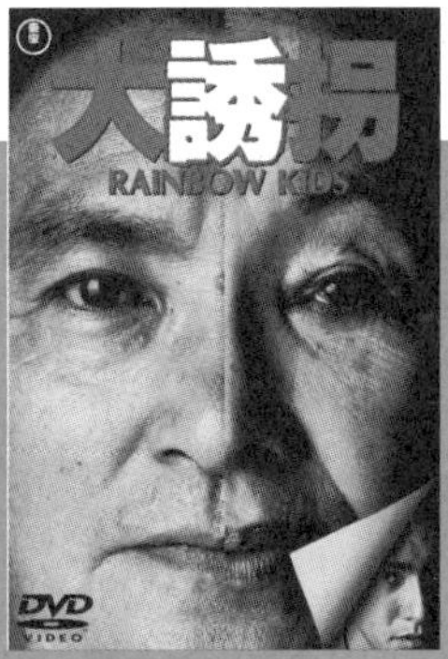

主題推薦 Recommend for Movie 10

黑暗之家

《奪命陷阱》

兼賦具縝密與暴力的連續殺人魔

文／紗卡

大部分描寫連續殺人魔的作品裡，凶嫌本身多半具有反社會人格，且心理變態；毀滅生命為的是滿足自己的欲望，挑戰公權力則是為了彰顯自我。連續殺人魔犯案無須正式的動機，也很少與物質、金錢有所牽連。但就古典解謎推理小說的角度來看，為了某種目的，例如遺產，因而一再犯下連續殺人罪行的凶嫌，其行事多半低調不引人注意，默默蟄伏等待下一次出手的機會；這與前述連續殺人魔的犯罪類型是有差異的。

恐怖小說的佳作

貴志祐介於一九七七年創作的這部《黑暗之家》，試圖將前述兩種連續犯罪類型加以結合：一方面讓連續殺人魔結合詐取高額保險金的罪行，使犯案手法及動機趨向縝密與複雜，另一方面則保留此類變態凶嫌的絕對血腥與暴力。以往殺人是為了滿足欲望，單純為了快感；而現在殺人還有錢拿，兇手可就更勤快了！這種設定得到不錯的成果，本書替他拿下第四屆的日本恐怖小說（Horror）大獎，也確立了作者貴志祐介的作家地位。

前述兩種連續犯罪類型，雖不抵觸但基本上仍有差異，因此整部小說相當明顯分成前後兩個部分。前半部作者花了很多篇幅，詳述各種詐取保險金的犯罪手法。主角若槻慎二身為保險業務主任，對於理賠案件必須審核及調查。而隨著案情的深入，若槻發現疑點重重，試圖阻撓保險金的發放，也因此讓自己成為當事人菰田一家的目標。而小說後半部則深刻描寫菰田家的步步進逼，從心理攻勢到越來越血腥的變態罪行，直到最後暴露出恐怖殺人魔的真正面目。小說的前後兩部分風格雖有差異，但劇情本身的懸疑感卻循序漸進越繃越緊，貫串全書一氣呵成。這部作品可以獲獎的確實至名歸。

與原著一樣精采的電影

《黑暗之家》一書，另於一九九九年改編為電影，中文片名譯為《奪命陷阱》，由森田芳光導演，內野聖陽、大竹忍，以及西村雅彥等實力派演員擔綱演出。森田芳光另執導《失樂園》、《刑法第三十九條》、《模仿犯》等重要作品，而本作亦有水準以上的表現。電影劇情與小說原著大致類似，不過為避免失焦，對詐領保險金的複雜手法較少著墨；部分支線劇情也遭到刪減，這使得幾個重要角色的形象更為突出。

為日劇推理迷所熟悉，常常搞笑演出的西村雅彥，在這部電影裡飾演菰田重德這個既偏執又危險的角色，相信會讓觀眾驚豔於他精湛的演技。

相較於小說裡作者為了增加人物的深度，刻意讓主角背負了灰暗的過去，但那其實

貴志祐介

一九五九年出生於日本大阪，京都大學經濟學系畢業，曾於保險公司上班，後來成為自由工作者。於一九九六年以處女作《第十三個人格－ISOLA》初試啼聲，隨獲第三屆日本恐怖小說大獎長篇類佳作獎，第二部作品《黑暗之家》更榮獲第四屆日本恐怖小說大獎首獎。其他作品還有《深紅色迷宮》、《天使的呢喃》等，是日本恐怖小說名家。《青之炎》轉為青春犯罪小說，二○○四年發表的《玻璃之鎚》則是本格推理，並獲得二○○五年日本推理作家協會獎。

對於整體劇情並沒有太大的影響。電影則聚焦於現在下，並豐富了劇中角色的日常生活，例如若槻喜歡游泳，菰田幸子愛好打保齡球；這兩件休閒活動都接為劇情埋下伏筆，增加了作品的完整性。

社會造就黑暗之家，黑暗之家侵蝕社會

此外，原著作者在文字裡經營的懸疑驚悚氣氛相當成功，但是以影像為主的電影，其實不太容易複製這種氛圍，結局甚至流於將變態殺人魔當成怪物的老套。不過，導演顯然刻意增加對菰田的描寫，幾件往事還特別以影像呈現，試圖表達連續殺人犯並非天生，而是受到整個社會環境與壓力的影響，一步一步慢慢墮落，這種論點倒是與小說不謀而合。只是小說裡藉由若槻女友小惠的觀點，提出人性本善，對未來仍保有希望；而電影只是單純地描寫這種墮落的過程，雖然沒有強烈的控訴，卻多了幾分人世的無奈。

無論小說或電影，看完後都會令人感到沉重。連續殺人魔透過侵蝕保險業的方式，給造成社會巨大的成本。離開虛構的小說或電影，我們或可稍喘口氣；但現實世界確實險惡，為了安然度日，每個人都得提高警覺。

BOOKS

中文書名：黑暗之家
日文書名：黒い家
作者：貴志祐介
台灣出版社：台灣角川
出版日期：二○○一年一月
日本出版社：角川書店／角川文庫
出版日期：一九九七年六月／一九九八年十二月

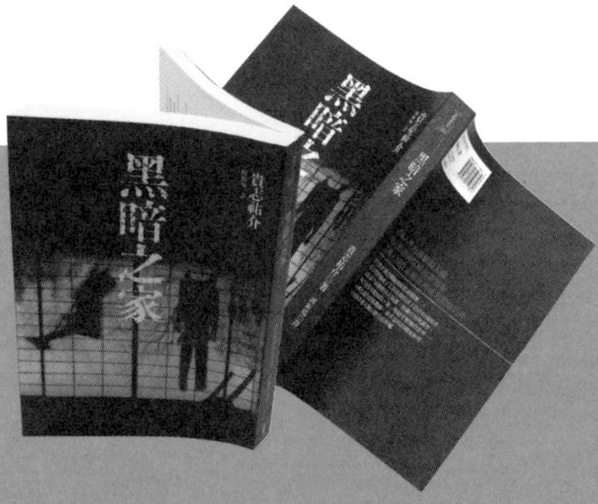

MOVIE

片名：奪命陷阱
導演：森田芳光
主演：內野聖陽、大竹忍、西村雅彥
上映日期：一九九九年十一月
發行公司：松竹

主題推薦 Recommend for Movie 11

虛線的惡意

《來電險事》

綻放在鏡頭眼底的惡之華

文／陳國偉

媒體角色的時代議題

作為一本在倥傯的世紀末邊境，得到江戶川亂步獎的小說，一九九七年出版的《虛線的惡意》似乎預告了媒體霸凌這個世界的時代的來臨，而它所可能製造的人間悲劇，不僅不曾休止，還愈演愈熾。

小說故事從首都電視台高收視率的新聞節目《Nine To Ten》的〈事件檢證〉單元開始，其中剪輯師遠藤瑤子所剪輯出來的新聞畫面，總是大膽地將鏡頭捕捉到的影像，重新串接成可能的「真相」，甚至暗示可能的兇手。直到有一天，一個匿名的郵政省官員找上瑤子，提供她一卷偷拍影帶，裡面記錄了政府弊案所引發的凶案真相。當瑤子仔細瀏覽影帶時，發現被警方約談的放送行政局官員麻生公彥，竟在離開警局後露出了詭異的微笑，這個微笑給了瑤子靈感，並相信他就是這一切政府弊案的重要關係人。於是，透過〈事件檢證〉的單元，麻生的一抹微笑不斷地被重複播放，而潛伏在構成電視螢光幕的那五二五條光纖「虛線」之中的「惡意」，正虎視眈眈地準備吞噬掉麻生公彥與遠藤瑤子。

野澤尚的時代性

當然，工作環境與媒體息息相關的野澤尚，對於這樣的一個時代氛圍，自是有著與其他作家不同的敏感度，也因為他的深刻掌握，受到了評審的高度肯定，為他奪下江戶川亂步獎，正式從媒體跨足推理文壇。

透過《虛線的惡意》，他不僅反省媒體的基本道德問題，更揭露日本媒體的諸多亂象。像是民營電視台與其他企業間商業利益的結盟，或是媒體科技的進步反而帶來的新聞造假問題，都是為了追求收視率新聞專業人員自我墮落的結果。二〇〇二年野澤尚更出版了同一議題的續作《失去堡壘的人》，進一步探討媒體如何可能被從業人員以外的力量運用，其所引發的社會震盪及後果。

在新本格推理時代出道的野澤尚，他所選擇的是從社會立場出發的觀察姿態，他不僅處理媒體的議題，更在推理劇如《冰的世界》中，觸及詐騙詐領保險金的等社會問題。此外，他也在《給親愛的你》、《情生情盡》、《戀人啊》、《水曜日的情事》、《川流入海》等日劇中，多次處理有關家庭價值與夫妻關係的問題，具有高度的時代性，也往往能夠發人深省，提供不一樣的思考角度。

五二五條影像虛線的影像化

由於自一九九二年起，富士電視台開始贊助江戶川亂步

野澤尚

一九六〇年五月七日出生於日本愛知縣，畢業於日本大學藝術學部電影科。為日本知名的劇作家，曾創作《戀人啊》、《沉睡的森林》等膾炙人口的劇作。一九九七年以《虛線的惡意》獲江戶川亂步獎，成為劇本與推理小說的雙棲作家。然而在事業到達顛峰之際，他卻在無預警的狀況下，在二〇〇四年於工作室自殺。
國內推理小說作家既晴曾說，他的推理小說多用電視從業人員的角度來看殺人案件，對社會問題相當熟悉，是社會派推理小說家。代表作品有《北緯35度之灼熱》、《魔笛》等。

獎，並獨佔得獎作的影像化權利。因此在二〇〇〇年，《虛線的惡意》也順理成章地被改編成電影登上大銀幕，編劇仍是由野澤尚擔任，導演為井坂聰，由黑木瞳演出遠藤瑤子、陣內孝則演出麻生公彥，其他還有筧利夫、山下徹大、白井晃等實力派演員，黑木瞳還以此劇拿下二〇〇一年第十屆日本電影批評家大獎女演員獎。而早期台灣並沒有代理這部電影，影迷往往只能透過一些地下管道才能取得，不過近兩年台灣也有代理公司，以《來電險事》的名稱出版這部電影的DVD，也讓台灣觀眾終於有了正式接觸的管道。

在電影的版本中，小說中一開場出現的「大學副教授父女雙屍命案」中涉有重嫌的夫人的那隻被剪輯出來、移花接木為暗示引入殺機的「手」，更讓觀眾看了怵目驚心，野澤尚所要強調的影像力量的可怕，更能透過遠藤瑤子剪輯出來的新聞影帶凸顯出來。而同時身為原作的野澤尚為顧及電影的長度，故事的結尾略作修改，卻呈現出非常不同的餘韻，透過影像化的重新梳理，他也像瑤子一樣，安排出另一個情節略有不同，寓意卻相同的感人結局。

BOOKS

中文書名：虛線的惡意
日文書名：破線のマリス
作者：野澤尚
台灣出版社：台英出版
出版日期：一九九八年八月
日本出版社：講談社／講談社文庫
出版日期：一九九七年九月／二〇〇〇年七月

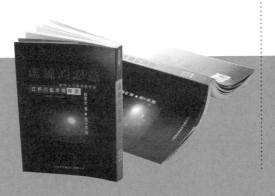

MOVIE

片名：來電險事
導演：井坂聰
主演：黑木瞳、陣內孝則、筧利夫、山下徹大、白井晃
上映日期：二〇〇〇年三月
發行公司：アスミック・エースエンタテイメント

【搶標】：在關鍵的瞬間出手並得手，令人難以忍受的行為

十一月十一日，星期二，天氣微寒，時間是下午六點五十分。被報紙稱之以「剪刀男」的連續殺人犯，正抱著身子，窩在公寓外圍垃圾收集場的陰影裡，等待著第三名受害者出現。如同前兩名受害者，就讀葉櫻學園二年級的樽宮由紀子，長髮披肩、活潑外向，功課更是名列前茅，正是剪刀男最喜歡的類型。再過一個小時，剪刀男背包中花了一個多月才磨利的剪刀，將無情地插入這名可愛女孩的咽喉中。

然而，隨著天色逐漸轉暗，樽宮由紀子卻遲遲未現身，是剪刀男錯過她了嗎？納悶著踏往歸途的剪刀男，卻在命運的安排下，於埋伏地附近的小公園入口駐足稍歇。就在這個剎那，伴著寒秋九點昏黃的月光，仰躺的樽宮由紀子脖子上插著一把剪刀，對著剪刀男閃爍著。

主題推薦

Recommend for Movie

12

剪刀男

《剪刀男》

大膽精緻的黑色幽默處女作

●文／心戒

如出一轍的手法、身後突然喊出聲的第二目擊者、匆忙趕到現場的警察，這一切都迫使著剪刀男不得不挺身而出，趕在警方找上門前，揪出這名搶標的拙劣拷貝貓(模仿犯)！

然而……事情真會這麼順利嗎？

【醍醐味】：不可多得、令人拍案叫絕的驚喜

獲得第十三屆梅菲斯特獎的《剪刀男》，當年不僅橫掃日本三大推理小說排行榜，更在「本格推理小說 Best 10」的激烈競爭中，拿下第二名的好成績。作為殊能將之的處女作，《剪刀男》徹底展現了敘述性詭計對於「謎」的極致追求——當讀者看見書名而決定翻閱的時候，就已經落入剪刀男的詭計之中了！

除此之外，殊能將之在人物與對白的設計上，不時閃現其獨特的黑色幽默。作為一名殘殺無辜高中女學生的兇手，剪刀男竟是個不斷嘗試終結自己生命，卻始終無法如願的解離症患者（亦即俗稱的多重人格）？而另一個人格「醫生」，卻總是在剪刀男自殺未遂後，以凌駕一切的理性姿態，冷言嘲諷並分析著剪刀男何以失敗的行為缺失。這樣有趣的對比，在剪刀男與醫生兩個人格一同觀看著「所謂專家」在電視上自以為是地浮誇分析兇手身分時，達到了高潮。無論是對媒體的嘲諷，或是骨子裡瀰漫不去的反心理分析味道，《剪刀男》總可以在關鍵時刻，在戰慄之餘，令讀者忍俊不禁發出會心一笑。

【改編】：小說情節重新編排，帶來不同驚喜

殊能將之

一九六四年生於福井縣，名古屋大學理學部肄業。一九九九年以第十三屆梅菲斯特獎得獎作《剪刀男》出道。作品數量雖少，但以特殊的作風獲得讀者熱烈支持，在梅菲斯特獎作家支持度等網路票選中總是名列前茅。
著作尚有以私家偵探石動戲作為主角的系列作品《美濃牛》、《黑佛》、《孩子王》（麥田，迷思少年系列）等。

由於詭計的特殊性，《剪刀男》一度被譽為不可能改編的夢幻之作。然而，導演池田敏春卻大膽而精細地將小說中的謎底之一，赤裸裸地呈現在觀眾面前，再藉由影像畫面的表現手法，呈現出另一種「遠在天邊，近在眼前」的狡黠盲點，讓未曾讀過小說的觀眾，同樣能在電影終段享受恍然大悟後，拍案叫絕的暢快醍醐味。搭配著時而低嚎泣訴、時而靈動跳躍的薩克斯風演奏，《剪刀男》電影版呈現出一股奇情詭譎的違和感，讓人不寒而慄。雖然甩脫了原作中獨特的黑色幽默，電影版卻力圖在劇本的編撰上，給予剪刀男一個更加合理的心理動機，強化原著中解離性人格「醫生」之所以成形的原因，以及剪刀男何以頻頻對女高中生下手的理由。

改編的結果或許見仁見智，但不可否認的是，池田敏春在電影畫面的展現上，很巧妙地將他更動原著的部分，與剪刀的形象及十字架隱含的意義，做出漂亮的象徵性連結。無論是先前的兩名受害者死狀，或是剪刀男下手後凶器呈現的方式，攤展成十字的灰銀色剪刀，在薩克斯風如泣如訴的傾吐聲中，娓娓道來剪刀男在童年陰影與血跡滿溢的犯罪過程中，掙扎擺脫，進而找到救贖的可能性。

BOOKS

中文書名：剪刀男
日文書名：ハサミ男
作者：殊能將之
台灣出版社：獨步文化
出版日期：二〇〇六年十二月
日本出版社：講談社／講談社文庫
出版日期：一九九九年八月／二〇〇二年八月

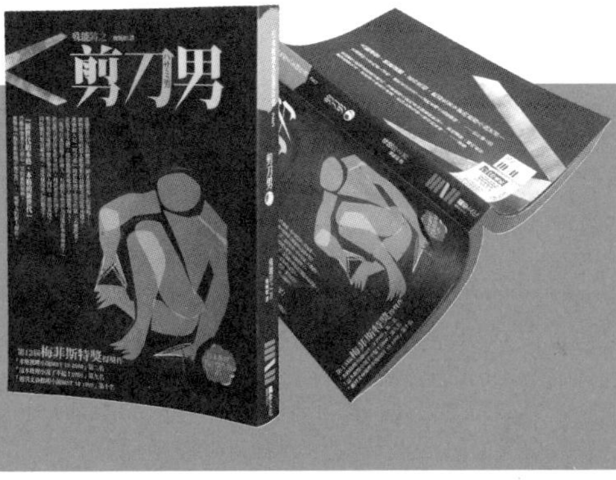

MOVIE

片名：剪刀男
導演：池田敏春
主演：豐川悅司、麻生久美子、阿部寬
上映日期：二〇〇五年
發行公司：Media Box

主題推薦 Recommend for Movie 13

模仿犯

《模仿犯》
小說版是大眾經典，電影版是小眾另類經典

● 文／夜瞳

小說版：漫長的醞釀

在《模仿犯》之前，台灣已經有零星的宮部美幸譯作，但是真正讓宮部美幸在台灣聲名鵲起的作品，還是《模仿犯》。最早是一方出版社慧眼相中此書，無懼於它的驚人厚度，分成四冊出版；讀者評價極佳，然而一方卻不幸在此時無以為繼。還好後來臉譜接手，繼續出版現在我們看到的上下冊版本。

《謎詭》創刊號裡也把此書列為六十本推薦必讀作之一，讀過的人都知道為什麼：少有一部作品可以兼顧懸疑和深度的心理刻畫，讓讀者能夠廢寢忘食地讀完一千四百多頁！且榮獲司馬遼太郎獎及日本出版文化獎特別獎，更驚人的是，這部小說原本是在《週刊ポスト》上連載，宮部美幸從一九九五年十一月一直寫到一九九九年十月，最後又重新增潤，到二〇〇一年三月才正式出版單行本，第二年六月電影版就問世了——改編速度算是極為快速，但對於從九五年就開始追著連載看的讀者來說，或許仍會覺得是「終於等到了」吧。

電影版：星星們都到齊了，然後……

在一般電影的兩小時長度裡，要擠進三百頁的小說情節可能都有困難，更何況像《模仿犯》這樣的巨篇？適度刪修人物及情節實屬必要。幸好原作的主軸原本就很清楚：遺體的第一發現者少年塚田真一，身為滅門血案受害者的遺孤，一直深受倖存者的罪惡感所苦；被害女子的外公有馬義男，忍痛與歹徒周旋，始終不失屬於「普通人」的尊嚴；專欄作家前畑滋子，在寫作野心、家庭和諧與個人良知之間掙扎；這三個人彼此扶持，共同迎戰巨大的惡意……。這個故事的情節處處有驚人的衝突與轉折，其實很有潛力變成一部高潮迭起的商業賣座巨片。

而且，這部電影還聚集了超強的卡司：中居正廣演出神祕的網川浩一，老牌演員山崎努飾演有馬義男。一般台灣觀眾可能不認識山崎努，但本片的編導者森田芳光創造了一個原書沒有的精彩情節——有馬爺爺為了安慰精神崩潰的女兒，謊稱「失蹤」的外孫女其實是與情人私奔——看過這個段落的觀眾，想必忘不了山崎努的感人演出。森田芳光本來就是文學作品改編電影的能手；他早年的《家族遊戲》（本間洋平）、《從今而後》（夏目漱石）獲獎無數，後來的《黑暗之家》（貴志祐介）、《間宮兄弟》（江國香織）也都頗受好評。但是，在改編《模仿犯》時，森田芳光似乎刻意不走「容易」的路，沒讓它變成時而熱血沸騰、時而催人落淚的娛樂巨片　他

宮部美幸

一九六〇年出生於東京。一九八七年，以《吾家鄰人的犯罪》獲《ALL讀物》推理小說新人獎；一九八九年，《魔術的耳語》獲日本推理懸疑小說大獎。一九九二年，《龍眠》獲日本推理作家協會獎，並以《本所深川詭怪傳說》獲吉川英治文學新人獎；一九九三年，《火車》獲山本周五郎獎；一九九七年，《蒲生邸事件》獲日本SF大獎；一九九九年，《理由》獲直木獎；二〇〇一年，《模仿犯》獲司馬遼太郎獎及日本出版文化獎特別獎。近期作品有《無名毒》、《終日》、《孤宿之人》，以及《模仿犯》續作《樂園》（中文版將由獨步文化出版）等。

幾乎是反其道而行。有一些情節明明可以輕易挑撥起觀眾的強烈情緒，森田導演卻沒這麼做；接近片尾時的高潮場面——滋子與「幕後大魔王」的對決——大部分看過的觀眾都覺得導演處理得非常……詭異（詭異到有人直接破口大罵）。最後一幕乍看是很明顯的「新生」象徵，然而做得過於明顯，又讓疑心重的觀眾（例如我）很懷疑導演到底是不是認真的？

A Cult Film?

坦白講，剛看完電影時我心頭一把火。不過怪的是，後來那幾天我心裡一直不斷在回憶片中的種種謎樣場面：怪異的鳳梨，偶爾出現的加插字幕，兇手優雅寧靜的晚餐……，很多畫面都意味不明，卻揮之不去。我很驚訝地發現，我很想再看一遍。雖然片長兩小時，但我不覺得無聊，也不想快轉，反而是不時倒帶重看一些片段。我想，這部片不能說是傳統意義上的「好」電影，卻有可能被視為cult film(邪典電影)；大部分人可能看一次就夠了，少部分人卻會為此著迷。如果你的好奇心被勾動了，可別怪我沒警告你啊。

BOOKS

中文書名：模仿犯
日文書名：模倣犯
作者：宮部美幸
台灣出版社：臉譜出版
出版日期：二〇〇四年十月十一日
日本出版社：小學館／新潮文庫
出版日期：二〇〇一年三月／二〇〇五年十一月

MOVIE

片名：模仿犯
導演：森田芳光
主演：中居正廣、津田寬治、藤井隆、木村佳乃、山崎努
上映日期：二〇〇二年六月八日
發行公司：東寶

半自白

《半自白》用生命守護希望的溫柔力量

文／心戒

二○○三年，記者出身的橫山秀夫，以熱賣超過五十五萬冊（提名時的銷售量）的《半自白》入圍第一二八屆直木獎。然而，《半自白》卻慘遭評審北方謙三質疑故事「欠缺真實性」而落選，不僅評論家目黑考二為此發出「直木獎權威性蕩然無存了嗎？」的不平之鳴，作者更在反駁選考委員的批評後，表明從此不再參加直木賞獎的評選。令人料想不到的是，二○○四年的同名電影卻締造了超過一百五十萬人次的票房，隔年更在日本日劇學院獎頒獎典禮上，以十二項入圍的絕佳成績，成為萬眾注目的焦點，並奪下年度最佳電影與最佳男主角兩項大獎。二○○七年，朝日電視台又再次挑上這本小說，將之改編為慶祝「土曜ワイド劇場」三十週年的特別單元劇，又一次獲得了熱烈的迴響。

充滿爭議性的經歷，讓人忍不住忖度，一本可以讓書評家在落選時跳出來聲援，更可以讓一再改編的電影和電視劇皆取得亮眼的好成績，《半自白》這則故事，究竟蘊藏什麼獨特的魅力？

絕望的輪迴與謎樣的四十八小時

清晨五點多鐘，天色方亮，拖著蹣跚的步伐，一道單薄的身影穿過闃靜的街道，朝著警局而行。七點不到，偵查課重案指揮官志木和正，被迫放下連續性侵害八名女童的攻堅逮捕任務，緊急偵訊一個小時前通報的警官殺妻自首案。

兇手是現年四十九歲，任職警察學校的教官梶聰一郎。獨生子因病去世後，他與罹患阿茲海默症的的妻子梶啟子兩人相依相守。沒想到在兒子祭日當天，啟子再次病發，全然忘記白天已掃過墓，陷入瘋狂似地大吵大鬧。責備自己連孩子祭日都會遺忘的啟子，在絕望下認為自己不僅是位失格的母親，更失卻了為人的資格。因此，在她難得清醒的片刻，竟強烈地要求丈夫梶聰一郎完成她唯一的心願——趁她還記得兒子的時候，讓她保留母親的身分，殺了她！

然而，梶聰一郎的自白卻不完全。含淚完成妻子最後願望的他，原欲追隨啟子的腳步而去，為何放棄懸樑的念頭？更令人不解的是，敦厚認真、深愛家庭的他，何以放著妻子未寒的屍骨，消失了兩天，卻被人目擊出現在東京的風化場所？究竟這兩天內發生了什麼，可以讓梶聰一郎寧願配合警方亟欲遮掩「家醜」的自行徑，違心說出警方期待的自白，卻抵死不提空白二日的行蹤？隨著故事的發展，《半自白》的謎團竟越顯濃厚，讓人忍不住想一口氣還原事實的真相！

你究竟為了誰而活？

橫山秀夫

一九五七年生於東京。國際商科大學（現在的東京國際大學）畢業。曾任職於上毛報社，之後轉業為自由作家。憑藉著多年的媒體記者的經驗，開創出新形態的警察小說。一九九一年《羅蘋計畫》獲得日本山多利推理大獎佳作，一九九八年《影子的季節》入選第五屆松本清張文學獎，二〇〇〇年《動機》入選第五十三屆日本推理作家協會獎（短篇）。二〇〇二年的《半自白》由《週刊文春》評選為二〇〇二年「Best 10」第一名，「這本推理小說了不起！」評選為二〇〇三年「Best 10」第一名。

藉由作者擅長的短篇形式，橫山秀夫在《半自白》中，依序透過偵訊官、檢察官、記者、辯護律師、法官與監獄看守長等六名身分、心境和年齡皆異的角色，宛若連作短篇般，以獨特的拼圖式書寫方式，展現罪犯被捕後到定讞入獄的曲折過程。然而，當案件發展與各個角色的生活重複疊合、互相影響之後，敘事者看待事件和真相的角度，又會怎麼影響審判的過程與結果呢？

在這個概念上，《半自白》的電影有著更為出色而完整的呈現。捨去最後的監獄段落，編劇提前將謎底安排在劇末的法庭戲上揭露。當觀眾看著被告、法官、檢察官與律師一同出現在法庭上，而當時以獨家新聞報導整起事件的記者和死者的姊姊一同坐在旁聽席時，因為一則突發事件而產生人與人之間隱性的因果連結，全在這個小小的空間中，激盪出強大的情感火花。

望著影帝寺尾聰在法庭上堅不吐實的哀戚神情，《半自白》以一句「你是為了誰而活著？」打破沉默，透過那雙深邃而哀傷的眼神，向觀眾訴說著，人生中的諸多無奈，以及，守護生命遺愛的善良溫柔。

BOOKS

中文書名：半自白
日文書名：半落ち
作者：橫山秀夫
台灣出版社：獨步文化
出版日期：二〇〇六年九月
日本出版社：講談社／講談社文庫
出版日期：二〇〇二年九月／二〇〇五年九月

MOVIE

片名：半自白
導演：佐佐部清
主演：寺尾聰、柴田恭兵、原田美枝子、吉岡秀隆
上映日期：二〇〇四年一月
發行公司：東映株式會社

主題推薦 Recommend for Movie 15

綁架遊戲

《綁架遊戲》

看起來只是一場鬥智遊戲，直到……

●文／紗卡

如果說，「綁架」這個題材是成名推理作家必須挑戰的主題之一，那麼東野圭吾在二○○二年的這部《綁架遊戲》裡，的確給讀者帶來非常不一樣的感受，該書於二○○三年改編成電影，由俊男美女藤木直人與仲間由紀惠擔綱演出。

綁架的三步驟

由於綁架是一種相當特別的犯罪類型，因此也成為推理作家的指標性題材。綁架犯罪在階段上大致可以分為：擄人、取款，以及人質釋回與事後隱匿等三個步驟。相對來說，擄人階段難度比較低，畢竟對受害者來說事發突然，不易防備。然而，接下來取款方法的設計，對綁匪或是作家來說，都是最大的挑戰；綁匪必須與被害人家屬及警方有所接觸，而在指示交付贖款的同時，還得面對埋伏與追蹤。最後，綁匪如何確保自身的安全，可得另擬一個長遠的計畫。此外，就創作的角度來看，肉票與綁匪間的主從互動與情感交流，無論正負面向都可以激盪出劇情的火花，這些都是除了詭計與鬥智以外的絕佳小說素材。

《綁架遊戲》之所以稱為「遊戲」，乃因作者東野圭吾在書裡安排了一場「假綁票真勒贖」的戲碼。主角佐久間駿介任職於廣告公司，企劃案遭大客戶葛城勝俊不留情面地否決甚至狠狠地羞辱以後，心有不甘，卻在無意間遇上離家出走的葛城家女兒。由於葛城家小姐對她老爸也是滿腹牢騷，於是佐久間突發奇想，建議兩人合作扮演出綁架勒贖的戲碼，綁匪和肉票合作，計畫大敲葛城勝俊一筆。

精密的手法與隱含的詭計

作者這樣的安排自有其特出之處。首先，由於這綁架案兼具「自導自演」與「真槍實彈」的特性：綁匪是真的，但肉票卻是自願的；因此在劇情甚至詭計的安排上，相當具有彈性。前述的綁架第三步驟「事後的處理」，只要肉票願意配合，並提供錯誤證詞混淆案情，那麼綁匪的確可以高枕無憂。至於最困難的取款步驟，理工背景出身的作者確實頗具巧思，將許多新時代的科技，例如公共網站佈告欄、免費電子郵件等服務，以及難以追蹤的行動電話等，當成小說的材料，設計出相當合理且精采的手法。

儘管本書挑戰的是綁架犯罪主題，但是作者卻別出心裁地思考：有什麼元素可以和綁架案件連結在一起？綁架案件是不是可以拿來掩飾什麼事情？於是當綁匪與肉票「銀貨兩訖」之後，作者筆鋒一轉……，我們只能說，東野圭吾並沒有讓讀者失望。

東野圭吾

一九五八年出生於日本大阪，大阪府立大學畢業。一九五八年以地三十一屆江戶川亂步得獎作《放學後》出道。一九九九年以《祕密》獲得第五十二屆推理作家協會獎。二〇〇六年以《嫌疑犯X的獻身》（中文版由獨步文化出版）獲得第一三四屆直木獎以及第六屆本格推理小說大獎。

東野圭吾創作領域廣泛，超越傳統推理的框架，具有透視時代能力、嚴密細緻的結構，並精采刻畫出人活著的無奈、喜悅，展現出真正大眾小說作家的典型。近年來的作品如《祕密》、《綁架遊戲》、《湖邊凶殺案》、《白夜行》、《信》以及《偵探伽利略》（台灣劇名譯為《破案天才伽利略》）等相繼搬上銀幕或拍成連續劇。

俊男美女總該談場戀愛

由小說改編的電影，整體來說劇情走向相當忠於原著，僅有部分名稱細節稍做更動而已。然而到了後半段，電影的重點卻慢慢偏移開來。在小說裡男女主角間似乎泛起若有似無的情愫，只是在閱畢全書以後，讀者會覺得這種各懷鬼胎的愛情似乎也沒有太大的說服力。

電影的狀況卻是不一樣：俊男美女且擁有廣大粉絲的演員組合，再怎麼樣也得談一場戀愛吧！總得讓懶得花腦筋，看不懂精密詭計的觀眾，可以找到一些他們願意關心的劇情。於是，最通俗廉價的愛情被加了進來；不必強調什麼「斯德哥爾摩症候群」，光是藤木直人與仲間由紀惠這兩大巨星共處一室，任誰都不免預期他們一定會談場戀愛的吧，不然當初為何這樣選角？

比起耍盡心機的原著小說，電影的結局是可愛多了。只是礙於社會道德觀感，電影最後來了個不甚漂亮的狗尾，總是讓人感到有點可惜；現實生活夠苦悶了，讓電影裡的公主王子從此過著幸福快樂的生活不好嗎？

BOOKS

中文書名：綁架遊戲
日文書名：ゲームの名は誘拐
作者：東野圭吾
台灣出版社：獨步文化
出版日期：二〇〇六年十月
日本出版社：光文社／光文社文庫
出版日期：二〇〇二年十一月／二〇〇五年六月

MOVIE

片名：g@me
導演：井坂聰
主演：藤木直人、仲間由紀惠、石橋凌
上映日期：二〇〇三年十一月
發行公司：東寶

主題推薦
Recommend for Movie
16

登山者

《登山者》為災難中罹難的靈魂發聲

文／心戒

關於死亡的追悼剪影

二〇〇一年，美國九一一恐怖攻擊事件後，《紐約時報》做了一項重大的決定，除了持續追蹤事件的始末、救援的最新進度外，大幅調動原有的訃聞版面，連續三個月，以虔誠的筆觸，描繪二九九八位在九一一事件罹難者生前的美麗經歷與笑顏。

一九九九年九月二十一日凌晨一時四十七分十五．九秒，芮氏七．三級的大地震不僅撼動了整個台灣，更震驚國際社會，造成二三二一人死亡。二〇〇三年，全景傳播基金會推出一系列令人驚心動魄的紀錄片，透過影像，記錄創傷後《生命》尋找救贖與出口時的茫然，也揭露了資源分配不均時所造成的分裂，一道令人哀傷的《部落之音》。

一九八五年八月十二日，一架編號JAL123的波音747-100SR型飛機，因兩個月前機尾受損後未能妥善修補，造成四組液壓系統故障，傍晚六時五十四分墜毀在日本關東地區群馬縣御巢鷹山附近的高天原山，造成五二〇人死亡，成了世界飛安史上單一飛機空難事件中，死傷人數最為嚴重的事故。一九九九年，山崎豐子以虛實交錯的筆法，在《不沉的太陽》中藉此深刻批判航空界組織問題所在，但過於理性的記者筆觸，卻遲遲無法讓為此感到震驚的讀者，進一步攀抵情緒的高峰。相反地，橫山秀夫卻選擇在二〇〇三年，回歸當年親臨現場的記者身分，以地方報社為舞台，於爾虞我詐的故事間盈注充沛的人性關懷，徹底甩脫推理、警察小說這類狹隘的範疇侷限，真摯懇切地展現人性的卑微與光芒。

真理與私欲混淆的媒體人鬥爭

《登山者》以雙線交錯的敘事模式，落筆沉穩地緩緩揭開地方報社《北關東報》面對世界級災難新聞時，驚心動魄的七日風暴。橫山秀夫以二〇〇二年為引線，時年五十七歲的悠木和雅正不安地抬頭仰望，拾級而上，準備與現年二十九歲的故友之子安西燐太郎一同攀爬屏風岩，實踐十七年前與故友未能完成的約定。但在攀登屏風岩的過程中，何以當年未能達成約定的往事，卻不斷闖入悠木腦海之中。

原本答應和悠木一起向屏風岩挑戰的安西耿一郎，不僅臨時失約，更被人在半夜兩點多時，發現昏倒在鬧區街上，留下了「上山是為了下山」這句令人不解的啞謎給悠木？乍聞摯友意外的悠木卻全然無暇探究留言深意，突如其來的日本航空123號班機事故，完全佔據了悠木的心思與生活。臨危授命為專案負責人的悠木，不僅得一肩挑起屬於地方報社與全國性大報間的發行量競爭，更得面對「是否該刊登無法證實但卻可能是獨家新聞」與「如何呈現新聞才得以平衡還原事件原貌，並顧及遺屬感受」這樣在職業與人性道德間皆屬兩難的困境。然而，在這分秒必爭的空難報導大戰中，報社各派系間的人事鬥爭、老

橫山秀夫
作者簡介詳見P.45

橫山秀夫作品中譯本一覽表

《羅蘋計畫》皇冠
《影子的季節》臉譜
《動機》臉譜
《半自白》獨步
《顏》獨步
《真相》新雨
《登山者》獨步
《看守者之眼》皇冠
《臨場》獨步

將新秀間權力與觀點的衝突，都藉由橫山秀夫充滿壓迫感與張力的筆觸，在山雨欲來的氣氛中不斷壓迫著讀者緊繃的神經，在闔上《登山者》時才得以喘歇舒緩。

人命的輕賤貴重

二○○八年，這部被譽為「橫山秀夫最高峰」的作品搬上大銀幕，電影請來堤真一擔綱演出男主角悠木，同時佐之以眾多實力派影星如堺雅人、山崎努等人，企圖將小說原著中極具層次的報社組織描寫成功，傳達給觀眾。

電影雖未完整表述橫山秀夫的標題含意，但仍然相當用心地考證、打造出屬於一九八五年的時代氛圍，甚至還特別為了空難現場搭了實景，好呈現出當時現場的災難感以及主角如何穿梭在「現場」與「組織」之間，所有的斡旋、鬥爭、擠壓，全都凝縮在那個看似真實的空難現場了。

作為《週刊文春》評選為「二○○三年推理小說 Best 10」第一名的《登山者》，書中沒有離奇難解的謎團，也沒有鮮血淋淋的凶殘犯罪，僅以誠摯的筆觸，為生命的本質，以及為何而活的大哉問，做出力道沉厚的發聲。讓人們得以在面對天災與人禍的悲慟之餘，藉由文字和影像，記錄著逝者的美好，以及永遠彌補不了的傷痛。而後鼓起勇氣，繼續在人世的山巔荒徑上，以「登山者」之姿，奮力不懈地邁步向前。

MOVIE

片名：登山者
導演：原田真人
主演：堤真一、堺雅人、尾野千真子、山崎努
上映日期：二○○八年六月
發行公司：東映、COMMUNI CATIONS. INC

BOOKS

中文書名：登山者
日文書名：クライマーズ・ハイ
作者：橫山秀夫
台灣出版社：獨步文化
出版日期：二○○六年九月
日本出版社：文藝春秋／文春文庫
出版日期：二○○三年八月／二○○六年六月

主題推薦 Recommend for Movie 17

白色榮光

《白色榮光》

白色榮光的變與不變

●文／顏九笙

關於小說本身

《白色榮光》（原譯名《巴提斯塔的榮光》）的中心謎團，可以說相當嚴肅：一組技藝超群、連續成功二十六次的心臟外科手術團隊，在接下來的四次手術中卻失敗了三次，原因不明，到底是純粹倒楣、醫療過失，還是有人惡意破壞？以醫院為背景，或許就會讓人反射性地想起川田彌一郎的《白色長廊下》，還有《白色巨塔》、《醫龍》等日劇；在這類的故事裡，「壞人」永遠爪牙眾多、高高在上，一起要把少數有良心的「好醫師」捏死……怎麼想都讓人覺得很沉重。

但是，本行也是醫師的海堂尊卻另闢蹊徑，把他的處女作寫成了一部輕快的諷刺喜劇——書裡雖然也描寫了醫院中（或者該說，任何大機構中）多少存在的勾心鬥角，卻也還原了醫務人員的人性面向；大部分角色或許有自己的小毛病，卻像正常人一樣，並不老是一肚子壞水，也認真面對自己的工作。他筆下的「偵探」搭檔，更是令人一見難忘：個性閒散卻擅於傾聽的「牢騷門診」醫師田口公平，還有看似白目又狂妄，卻心思複雜的厚生省官員白鳥圭輔，他們讓整個追查過程變得極其爆笑，然而最後的結尾同樣引人深思。這樣特別的作品，影像化的成果如何呢？

電影必看重點

首先，是主角群的性格與外型變更：缺乏女人緣的田口公平變成了笑容可愛的田口公子（竹內結子飾演），在書裡滿身名牌、卻讓人聯想到蟑螂的鳥口，則變成了型男阿部寬，少了很多發揮詭辯話術的機會，不過乍看狂妄欠揍的本質不變。為了配合演員的個人特質，田口的性格也變得天真得多，成為一個「與觀眾反應同步」的角色：她旁觀整起事件，感受到手術進行的緊張與壓力，更深入了解到手術病患的恐懼與期待，並且在事情出錯的時候跟著悲傷，謎底揭曉時隨之痛苦，最後獲得安慰。但是，這樣的角色性格改造，不免也造成一點損失。

其次，電影中對於手術安排的順序、團隊內祕密的揭露以及最後的緝凶場面，也都做了一些變更——而這些變更，的確都加強了影片的戲劇張力。對於怕見血的人來說，片中不時出現的手術畫面或許會讓他們很想閉上眼睛跳過，不過說真的，血沒有很多，而且親眼見證的感覺大有差別——以我而言，雖然讀過了文字描述，卻是見到那幕影像時才深切體會到，外科醫師果然像是運動員或表演藝術家那樣的存在，外科手術則是一種不能出錯的細膩演出。

再來，電影裡還加強了

海堂尊

一九五一年生於千葉縣，畢業於日本大學醫學部，為現職醫生。
二〇〇五年以《巴提斯塔的榮光》，榮獲第四屆「這本推理小說了不起！」大獎第一名；二〇〇六年再以此書入選日本五大排行榜前三名。
此外，他撰寫的教養新書《死因不明社會》獲得科學報導獎，小說《黑色止血鉗一九八八》入圍二〇〇八年山本周五郎獎。
下筆速度驚人，是日本出版界出名的快手。

對於手術病患的描寫。田口以類似心理醫師的身分，安慰即將面對手術而內心不安的病患小倉，小倉同時向她透露了自己動完手術以後想完成的心願。這種轉折當然很芭樂，但是接下來的場景就不同凡響了（就是字面上那個意思）。我個人非常喜歡搭配的插入曲〈Lemon Tea〉，而且一定要那個唱法！（不過我是惡趣味的擁護者，也許有些人會不以為然……）

沒有遺憾嗎？

當然，不是所有文字都能恰當地轉換成影像，所以田口腦子裡的種種奇思妙想、鳥口說出來的種種複雜道理，就不得不犧牲了；兩小時裡既塞不下太多支線，眾多配角活躍的場面也只好砍掉。所以，對於只看過電影版的觀眾，我還是建議各位撥冗一讀小說，體會一下伶牙俐齒的魅力。

此外，對於電影版，我還有一個……姑且說是妄想吧。如果由竹內結子來扮演長相可愛、話一出口卻讓人冒火的鳥口圭子，阿部寬來扮演胸無大志、卻能讓人放鬆心情訴苦的閒人田口公平，那會怎麼樣呢？

請大家自行想像吧！

BOOKS

中文書名：白色榮光（舊稱：巴提斯塔的榮光）
日文書名：チーム・バチスタの栄光
作者：海堂尊
台灣出版社：高寶
出版日期：二〇〇八年六月
日本出版社：寶島社／寶島社文庫
出版日期：二〇〇六年一月／二〇〇七年十一月

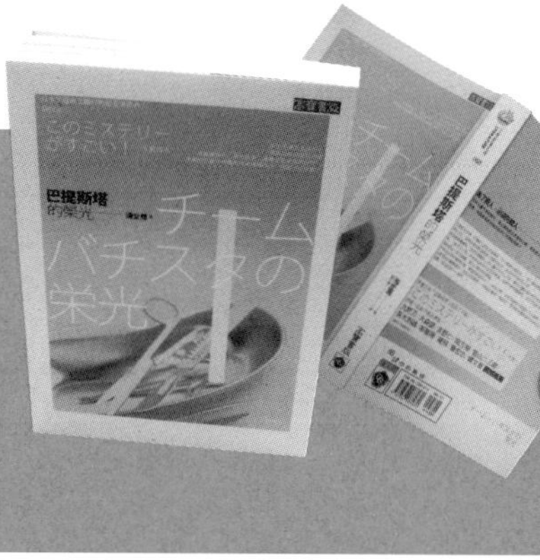

MOVIE

片名：白色榮光
導演：中村義洋
主演：竹內結子、阿部寬、吉川晃司、池內博之
上映日期：二〇〇八年二月
發行公司：東寶

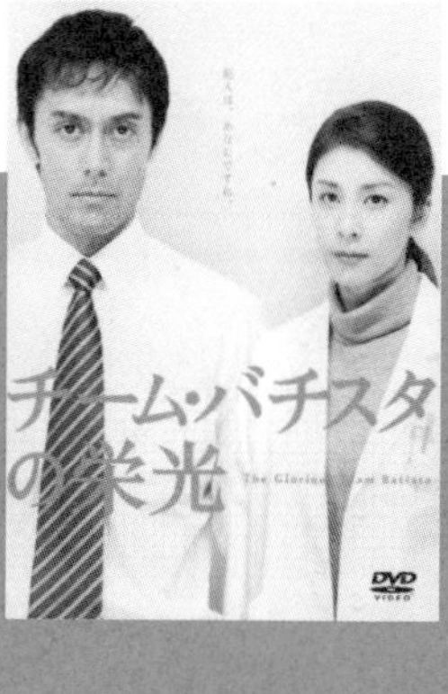

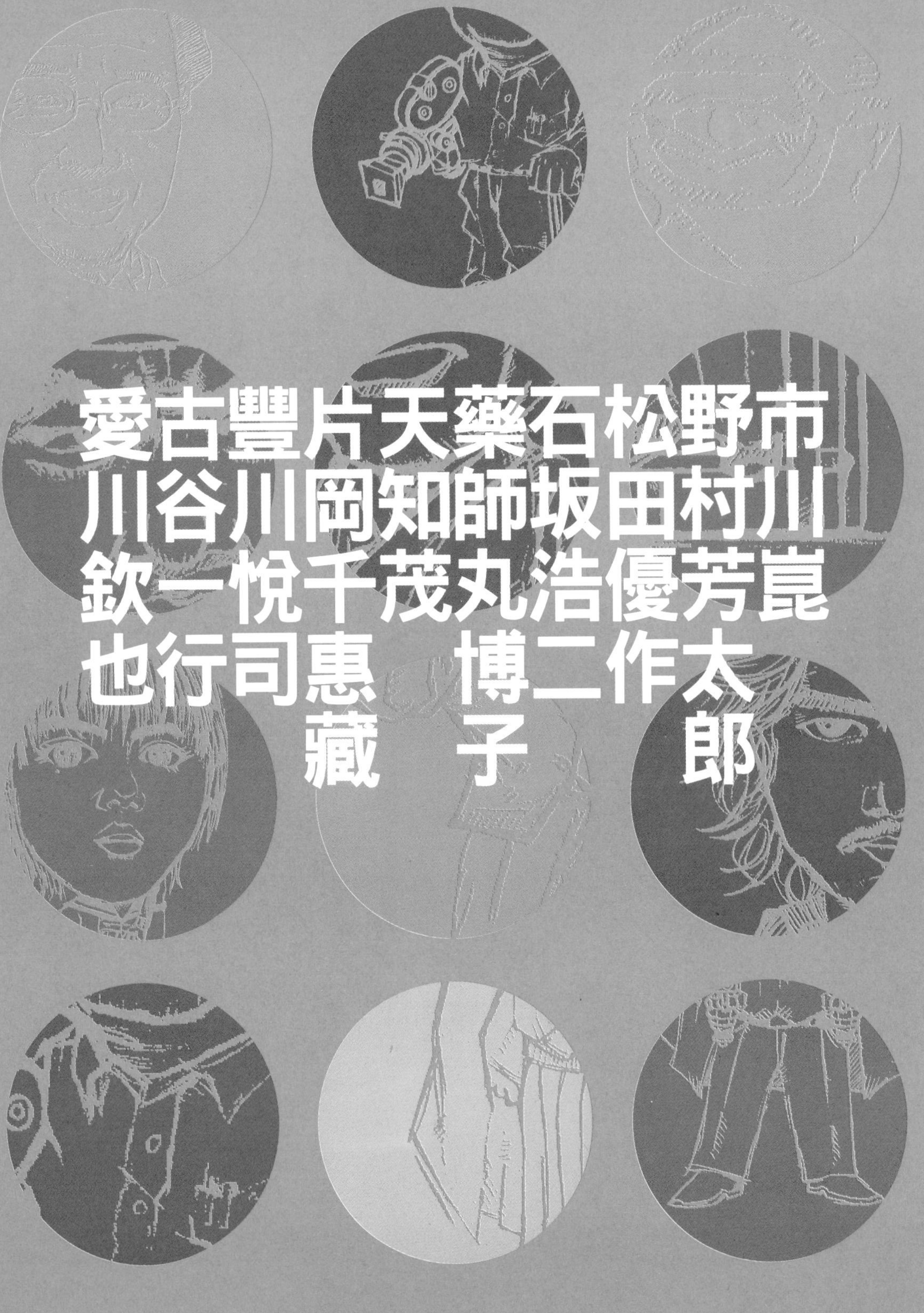

市川崑
野村芳太郎
松田優作
石坂浩二
藥師丸博子
天知茂
片岡千惠藏
豐川悅司
古谷一行
愛川欽也

TOP 10 STARS

十大經典影視人物

日本推理小說作為最受

日本人歡迎的娛樂來源之一，

替日本演藝圈提供了各式各樣豐富的素材。

而接下來的這十位影視人物，則將活躍於

書頁之間的人物完美地帶到了銀幕上，

讓眾多讀者和影迷一同進入

精采的推理世界。

1

TOP 10 STARS

1915～2008

市川崑

市川在一九四五年以人偶劇《娘道城寺》踏入影壇，一九五六年的《緬甸的豎琴》則讓他躍居日本名導的行列。

市川創作力旺盛，在六十餘年的導演生涯中，從文藝片、時代劇乃至於推理電影無所不包，對之後的創作者有著深遠的影響。而最為推理小說讀者所熟知的市川電影當推和石坂浩二從一九七六年起合作的六部金田一耕助系列，成為一九七○年代的橫溝旋風的重要推手，共執導了《犬神家一族》（一九七六、二○○六）、《惡魔的手毬歌》（一九七七）、《獄門島》（一九七七）、《女王蜂》（一九七八）、《醫院坡上吊之家》（一九七九）。

市川版的金田一系列忠實而流暢地呈現原作中的氣氛，明快的節奏和出色的群戲讓每部均長達兩個鐘頭以上的電影絲毫沒有冷場。此外，市川的金田一電影充分掌握了金田一作品的幽默特質，使整部電影在陰鬱、殘酷的案件之外，還有著獨特的明朗調性。再者，市川版金田一的場景調度和美術設計，都對之後的創作者有著巨大的啟發作用。在《新世紀福音戰士EVA》（一九九五—一九九六）和《大搜查線》（一九九七）中都看得到市川版金田一所帶來的影響。

除了和石坂浩二合作的金田一系列之外，市川也執導了內田康夫原作改編的《天河傳說殺人事件》（一九九一）和由豐川悅司擔綱演出的《八墓村》（一九九六）。

2

TOP 10 STARS

1919～2005

野村芳太郎

野村在一九四六年自二次大戰復員回國後，擔任過黑澤明的助導，在一九五二年以《鴿子》一片交出了導演處女作。之後，野村拍攝了不少娛樂作品，到了一九五八年執導改編松本清張原作的《監視》之後，才正式躍居名導之列。

之後，野村拍攝了一連串以清張原作改編的電影，如：《零的焦點》、《鬼畜》、《壞人們》、《疑惑》、《迷走地圖》等，被視為最能理解清張作品的導演，他甚至曾經和清張合作設立製片公司。而其中一九七四年所拍攝的《砂之器》更是野村導演生涯的重要代表作，獲得了莫斯科影展評審特別獎。野村非常擅長拆解清張原作，有時他將清張略顯散漫的原作重新組合，甚至能獲得比清張原作更為精采的戲劇效果和藝術表現，《零的焦點》（一九六一）便是一例。

除了清張作品之外，野村也拍攝過橫溝正史的《八墓村》（一九七七），和市川崑金田一的娛樂取向不同，野村以冷峻的方式拍攝本片，將本片徹底恐怖電影化，同樣也獲得了相當高的評價。此外，野村還執導過大岡昇平原作的《事件》（一九七八），以及將昆恩的《多災小鎮》背景日本化的《未曾寄到的三封信》（一九七九），均為日本電影史上重要的名作。

3

TOP 10 STARS
1949～1989

松田優作

松田優作可說是日本演藝史上最重要的男演員之一，而他和推理影像作品的緣分也十分深遠。松田在一九七三年演出了日本長壽刑警連續劇《向太陽怒吼！》中，綽號「牛仔褲」的熱血刑警，是他日後成為動作巨星的契機。

一九七七年松田擔綱演出了森村誠一代表作《人性的證明》改編的電影，即使日後棟居刑警有眾多版本，然而松田的陰鬱中帶著澎湃正義感的形象，仍舊是最為大眾所熟知的。同年，他再次演出刑警連續劇《大都會II》。

一九七九年，松田演出了演藝生涯中最為人津津樂道的角色，由日本知名評論家小鷹信光擔任改編的《偵探物語》，松田飾演由舊金山回國在東京開業的私家偵探工藤俊作。這個崇尚自由又有著幽默感，有時也帶著冷硬派私家偵探獨有的犬儒風格的特殊角色，是日本電視史上前所未有的，之後很多影視作品都能見到這部連續劇的影響。雖然首播之際並未受到太大注意，不過在松田過世之後成為他的代表作，也是新一代松田迷的入門作品。

松田也曾演出由大藪春彥的原作改編的《甦醒的金狼》（一九七九）和《野獸該死》（一九八〇）等動作電影，後者曾有多次改編，不過因為松田逼真的演技，使得這個版本成為最有名氣的版本。

4

TOP 10 STARS

1941～

石坂浩二

在二〇〇八年金馬影展期間來到台灣的石坂浩二，除了台灣觀眾向來熟悉的長壽節目「開運鑑定團」的主持人以及「白色巨塔」中的東教授之外，最為推理小說讀者所熟知的角色當推一九七六年起，一連五部和市川崑合作的金田一耕助系列。

石坂端正的五官和風采，讓金田一獲得了許多女性影迷的青睞。當年甚至有女性影迷表示願意和金田一耕助結婚。石坂的金田一不止外表迷人，還有著一種非常討人喜歡的迷糊氣質，讓市川版的金田一電影比起其他版本更能發揮原作獨特的幽默氣氛。

石坂除了金田一之外，也演出不少推理作品，像是野村芳太郎改編阿嘉莎·克莉絲蒂《池邊的幻影》的《危險的女人們》（一九八五）中的偵探角色以及舞台劇《十二怒漢》中的八號陪審員。

而他和市川崑的深厚交情，也讓他在二〇〇六年時睽違三十年後重新戴起軟呢帽、穿上破舊和服，再度詮釋日本推理小說史上最受歡迎的名偵探金田一耕助演出了新版的《犬神家一族》此外，他也曾在淺見光彥系列唯一的電影《天河傳說殺人事件》（一九九一）中客串演出淺見光彥擔任警察廳長的哥哥淺見陽一郎。

5

TOP 10 STARS

1964～

藥師丸博子

在台灣年輕一輩的觀眾心裡，說到藥師丸博子或許第一個反應是《一公升的眼淚》或是《ALWAYS三丁目的夕陽》系列中的溫柔母親的形象。然而在八〇年代人氣絕頂並且是角川電影的看板女優的她和推理電影的緣分也相當深厚。

一九七八年她參加了由森村誠一原作改編的《野性的證明》甄選會，獲得女主角長井賴子的角色登上影壇。初次演出便以女主角之姿出道的她，演技毫不生澀，獲得了相當高的評價。一九八一年她演出了由赤川次郎原作改編的《水手服與機關槍》長相並非特別亮眼，甚至有點憂鬱氣質的藥師丸，非常適合赤川次郎筆下的堅強少女，讓她一躍成為八〇年代最受歡迎的女演員之一。

一九八三年赤川次郎為她量身打造了《偵探物語》中那個有點任性、不肯服輸，看似天真爛漫，內心卻十分強韌的大學女生。藥師丸和松田優作的合作是本片的一大賣點，因為是以女主角為主的電影，所以松田相當程度地收斂了自己的演技，但是兩人的化學反應十分精采呈現出赤川作品中獨樹一格的愛情片段。

此外，藥師丸也演出了由夏樹靜子代表作改編的《W的悲劇》（一九八四）和小林信彥原作改編的《紳士同盟》（一九八六）而她曾經和真田廣之合作演出的《里見八犬傳》（一九八三），為當年的賣座強片，藥師丸本人也曾經為此片來台宣傳。

6

TOP 10 STARS
1931～1985

天知茂

天知茂早年曾演出許多時代劇電影，到了一九六五年在三島由紀夫的賞識之下，和美輪明宏合作了三島改編自江戶川亂步原作的舞台劇《黑蜥蜴》，明智小五郎自此成為天知演藝生涯中最重要的角色之一。

一九七三年起，天知演出了由冷硬派大師生島治郎的《凶惡之門》短篇集改編的《無情的執照》中主角會田刑警，會田雖然冷酷但是經常火氣一來便暴走，奮不顧身地挺身和邪惡對抗的角色性格十分突出，是日本電視史上相當具有代表性的冷硬派角色。

一九七七到一九八五年間，朝日電視台製播改編自亂步原作的《江戶川亂步美女系列》，由天知擔綱演出明智小五郎。天知的明智小五郎和原作個性大不相同，風流倜儻不說，甚至還擅長易容。明智摘下面具，指出犯人身分的場面是每集的慣例，也是劇情的高潮。

天知的演出如同評論家權田萬治所說，將亂步作品後期「從黃昏進入原色世界」的明智小五郎具體表現出來。二十多年後來看這個系列，或許太過華麗而誇張，然而卻也忠實地呈現出明智系列中現代、進步的那一面。

7

TOP 10 STARS

1903~1983

片岡千惠藏

片岡自二次大戰前便是時代劇電影的巨星，然而二戰結束後，聯合國軍最高司令總司令部下令禁止舞刀弄劍的時代劇電影。為找尋新的出路，時代劇電影名編劇比佐芳武煞費苦心，經過一番努力後，替片岡量身訂作了以名偵探多羅尾伴內為主角的電影《七張臉》（一九四六）。

系列主角多羅尾擁有出神入化的易容能力，然而由於其骨幹仍是時代劇式快意恩仇的冒險動作片，可說只是讓登場人物穿上西裝、拿起手槍罷了。故事內容雖然被指為荒唐無稽，但對於撫慰戰後的荒蕪人心起了相當大的作用。

片岡一直到一九六〇年，總共主演了十一部多羅尾系列的電影，每一部都是電影公司的搖錢樹。

除了多羅尾之外，片岡從一九四七年演出改編自《本陣殺人事件》的《三根指頭的男人》後，陸續演出了六部金田一耕助系列的電影。

片岡版的金田一和原作形象大相逕庭，穿著西裝、戴著帽子的知性風采，但仍依舊受到廣大觀眾的歡迎，成為日本影劇史上相當特殊的金田一版本。

8

TOP 10 STARS

1962～

豐川悅司

豐川在一九九六年演出了由市川崑執導的《八墓村》的金田一耕助，高大、蒼白的外表，讓他雖然只演過一次金田一耕助卻也令人印象深刻。事實上他在一般台灣觀眾心裡是以日劇演出走紅，不過他其實演出了不少推理電影。

一九九一年他演出了三谷幸喜的《十二個溫柔的日本人》，這是三谷取自《十二怒漢》的翻案作品。

二〇〇〇年則演出了由阪本順治導演，以日本史上十分著名的「福田和子事件」為靈感的犯罪電影《臉》，是二〇〇〇年獲得最多日本國內電影獎項的國產電影。

二〇〇四年則演出了由青山真治導演改編自東野圭吾原著的《湖邊凶殺案》以及由殊能將之原著的《剪刀男》中的醫生，二〇〇七年則演出改編自雫井脩介原著的《謹告犯人》。

二〇〇六年春季檔的《垃圾律師》中，他則一反以往的演出，飾演一個成天開黃腔，行動破天荒的律師，創造了一個相當令人難忘的律師角色。此外，在二〇〇七年他擔綱演出了由渡邊淳一的《愛的流刑地》改編的電影，飾演一名殺害戀人的小說家。

9

TOP 10 STARS

1943～

古谷一行

若說石坂浩二是日本電影界金田一耕助代表的話，古谷一行就是日本電視圈派出來的選手了。一九七七年由TBS開始播放的「橫溝正史系列」以及之後的「名偵探・金田一耕助系列」（一九八三－二○○五）是古谷最廣為人知的代表作。

只比石坂晚了一年登場的古谷金田一，和石坂的白皙、知性的外表大異其趣，有著一種特殊的草根味道，然而這點也十分貼近小說中那個充滿庶民風味的金田一。橫溝正史對於古谷演出的金田一耕助十分滿意，曾經公開表示古谷的金田一最為符合他內心的金田一形象。

古谷除了金田一耕助系列之外，也是兩小時懸疑劇的常客。其他具有代表性的角色尚有「露天混浴風呂連續殺人事件系列」（一九八二－二○○七）裡每到一處溫泉勝地必會碰上殺人案件的主角。此外，他也曾在「火曜懸疑劇場」中連續演出超過十部，由松本清張作品改編的單元劇。

至於電影方面的演出雖然不多，他在一九七九年演出了由大林宣彥執導，從橫溝正史的《眼中之女》改編的喜劇推理電影《金田一耕助的冒險》。

和其他的金田一耕助的電影不同，這部電影走十分熱鬧繽紛的喜鬧路線，提供了另類的詮釋角度。此外，古谷也在二○○六年參與演出了東野圭吾原作改編的《手紙》

10

TOP 10 STARS

1934～

愛川欽也

講到愛川欽也，可能日本之外的推理小說讀者對他並不熟悉。一九三四年出生的愛川是日本演藝圈的老大哥之一，從戲劇到綜藝節目主持人等等無一不精。而他和推理影像作品最密切的關係來自於由西村京太郎的十津川系列中的十津川警部的好伙伴龜井定夫警部補。

雖然十津川系列搬上電視螢幕的時間將近三十年，飾演過龜井的演員也不知凡幾，但是愛川所飾演的龜井幾乎已經成了其中最令人印象深刻的版本。

愛川第一次演出龜井一角是在朝日電視台在一九八一年開播的東映版「西村京太郎旅情推理」的「終點站殺人事件」系列，到目前為止這個系列仍舊製播中。

在將近三十年內，十津川換了三代，愛川版的龜井始終堅守崗位。而原作者西村也曾說過，在眾多龜井之中，愛川是最接近他心中的龜井形象的演員。

而且最早的時候，因為飾演十津川的三橋達也年紀較大，因此這個系列初期是以龜井為中心，這也讓愛川版的龜井和其他版本有所不同。

主題推薦 Recommend for Movie 18

W的悲劇

《封之印劇院魔咒》

電影與小說相互映襯，一同敘說著女性的悲劇

●文／紗卡

大部分由小說改編的電影本可以分成兩大類，其一是有相當程度忠於原著，電影只是小說故事的另一種表現方式；另一類則是電影完全顛覆原著小說，成為小說故事發展的另一種可能。然而，對於由夏樹靜子作品《W的悲劇》來說，卻是一種相當特殊的改編：電影與小說是完全不同的兩個故事，然而兩者卻巧妙地互相映襯。在電影裡，有一群劇團演員以小說《W的悲劇》當做劇本進行戲劇演出，然而就在從選角、排練乃至公演的過程裡，電影裡卻上演著另一齣悲劇。

演出一場無罪的戲

由於電影的特殊改編方式，使得小說關鍵劇情在電影裡已經大致披露；因此，如果觀眾想要完全領略電影與小說的映襯，那麼我們強烈建議在觀賞電影之前，最好先讀過原著小說，這樣才能享受完全的閱讀與觀影的樂趣。

小說裡的主角是年輕實習劇作家一條春生，受聘擔任富家千金和辻摩子的家庭教師。在大雪紛飛的年假裡，春生到摩子家的山莊別墅為其輔導課業。摩子的家族成員有些複雜，但是年紀最小的摩子，理所當然受到所有人的寵愛。和辻家在年假照往例舉行家族聚會，然而今年卻出事了：一天傍晚突然響起尖叫聲，緊接著摩子滿身是血地飛奔而出，說她失手殺死了舅公——和辻家目前掌權勢的家長，而底下一干人等莫不覬覦他的遺產。

基於對摩子的過分寵溺，家族成員開始計畫替她掩飾罪行，他們設計情節、布置現場，希望將案情引導成為外人入侵行凶。而捲入其中的家庭教師一條春生，卻是山莊裡的唯一外人，被迫參與了和辻家的偽證計畫。然而，不知是誰不願意配合演出，暗地裡為警方留下關鍵線索；此外，龐大的遺產似乎暗示了摩子自承殺人另有玄機……

演出一場有罪的戲

小說情節充滿懸疑，案件背後另有謎團，就詭計安排來說，《W的悲劇》小說應可歸為本格解謎類型的作品。然而，相較於小說本身案件的曲折，電影相對單純許多，這讓劇情得以一氣呵成，幾個電影角色也獲得最大的發揮空間。

電影裡的主角是由藥師丸博子飾演的年輕實習演員三田靜香，當劇團計畫公演《W的悲劇》時，靜香與其他若干實習演員皆極力爭取和辻摩子這個角色。一開始，由高木美保飾演的菊地薰獲得演出機會，靜香的實力雖不遜色，卻只能擔任開場的小角色，還得負責打雜。然而，隨著東京公演在即，同劇團演出的大牌演員羽鳥翔（三田佳子飾演）卻遭遇人

夏樹靜子

一九三八年出生於日本東京，本名出光靜子，慶應大學英文系畢業。一九六九年以《天使已消失》入圍江戶川亂步獎最終決選，隔年正式踏進推理小說界。

一九七三年以《蒸發》獲得第二十六屆日本推理作家協會獎。一九七八年發表的《第三之女》在一九八九年出版法文版，獲得了法國冒險小說大獎。與艾勒里・昆恩（佛列德瑞克・丹奈）私交甚篤，昆恩為其出版了不少英譯本，是日本早期少數享有國際知名度的女性推理作家。

生的危機，她轉向年輕的靜香求助，並提出交換條件……

整部電影的走向與小說有著顯著的不同。小說重點在於和辻家錯綜複雜的人際關係與家庭成員間的爾虞我詐，同時輕觸「女性的悲劇」這個主題；幾個女性角色的命運受到男性主導、擺佈，皆在無奈間做出不同的犧牲。電影則將重點放在女性演員為了成就演藝事業無所不用其極，相對來說更凸顯出人性與價值觀等現實議題。這當中又以主角三田靜香堪為代表，她為了獲得角色可以出賣肉體，甚至包括感情與靈魂。正因為全劇強烈表達出演員對於戲劇的執迷，也難怪這部電影在台灣有另一個劇名《封之印劇院魔咒》。

跨越時代的深刻作品

雖然小說與電影皆敘說著女性的悲劇，但小說的結局除了真相大白以外，由於悲劇已經鑄成，人事已非讓人不免感到有所遺憾。相對來說，在電影的結局裡，主角三田靜香知錯能改，並展現出女性的堅強與毅力，顯然比小說結局正面許多。小說（一九八二）與電影（一九八四）出版、上映距今皆已超過二十年，隨著時代進步，女性的社會地位理應有所提升。然而，現實世界裡是否仍存在著「W的悲劇」，我想大家心中自有答案。

BOOKS

中文書名：W的悲劇
日文書名：Wの悲劇
作者：夏樹靜子
台灣出版社：林白出版
出版日期：一九八六年
日本出版社：光文社／角川文庫
出版日期：一九八二年／一九八四年

MOVIE

片名：封之印劇院魔咒
導演：澤井信一郎
主演：藥師丸博子、世良公則、三田佳子、高木美保
上映日期：一九八四年
發行公司：角川映畫

主題推薦 Recommend for Movie 19

偵探物語

《偵探物語》青春，只有一次

●文／陳國偉

赤川次郎式的愛情物語

《偵探物語》是赤川次郎於一九八二年出版的長篇小說，人物的設定概念延續他一九七六年得到《ALL讀物》新人獎出道短篇作〈幽靈列車〉裡中年偵探與青春女大學生的組合，再度創造出浪漫逗趣的愛情物語。

故事背景以任性的富家千金新井直美，在辦理休學的一週後即將要移民到美國，而管家擔心不願移民的直美在此期間會闖下大禍，因此委託偵探社暗中保護直美，而中年邋遢的辻山秀一就是擔負起這次任務的偵探。辻山不僅腦子駑鈍，身手也不甚俐落，更糟糕的是，拋棄他嫁給黑道老大的前妻，竟然因為私通並涉嫌殺害了自己的繼子，將辻山也牽連進這個案件中。

直美與辻山的組合，是標準的冒險小說加上羅曼史（Romance）的主角設定，兩人不僅有著差距超過二十歲的懸殊年齡，以及身分地位、財富的巨大差異，但卻因為接二連三的意外，將他們的命運綑綁在一起，不僅必須面對黑白兩道的追趕，甚至最後把身邊的人全部牽連進去。赤川次郎成功地塑造出一對歡喜冤家，讓兩人關係的最後結局所產生的懸疑性，凌駕了案件及歷險本身，成為故事另一個重要的賣點。

讓推理露出親切的笑容

至今已經寫過超過四百部推理小說的赤川次郎，雖然走的不是以詭計取勝的本格路線，也非針砭時事與政治的社會派，卻仍能創造出不可取代的個人風格。他的小說中充滿著輕鬆、趣味、青春的氣息，他大量地運用「幽默推理」此一類型，拉近了讀者與推理的距離，讓推理不僅只是停留在知識階層的閱讀趣味，也並非以觸及生命中的悲劇與恐懼得到讀者認同，而是以舒緩而喜悅的閱讀興味，跨越了各年齡層讀者的藩籬，而獲得廣大的認同。

《偵探物語》作為赤川次郎的經典代表作之一，不僅有破解密室殺人的情節，更有綁架、脫逃、與黑道對峙的驚險場面，當然也有青春浪漫的愛情橋段，可以說是同時兼顧了讀者的多重喜好。雖然在小說的安排上，淡化了推理類型的基本架構，但也因為沒有冗長的偵探與罪犯間的對峙、解謎過程，讓故事的敘述可以輕快明亮，也讓閱讀更沒有負擔。這樣的書寫形態，改變了讀者對於推理小說的認知，並吸引了更多年輕及女性階層讀者，開拓推理小說的閱讀市場。

造就電影的另類傳奇

一九八三年上映的電影版《偵探物語》，不僅請來當時紅極一時的演技派男星松田優作飾演辻山，飾演直美的藥師丸博子，更是繼《水手服與機關槍》後，第二度主演赤川

赤川次郎

一九四八年生於日本福岡，由於父親曾任職於滿洲映畫協會，因此赤川自小耳濡目染，看遍各國電影，也令他的文章風格帶著濃厚的影像味道。

一九七六年以〈幽靈列車〉獲得第十五屆《ALL讀物》推理小說新人獎，輕巧幽默的內容和出色的詭計設計，讓日本推理小說進入了一個全新的階段。

赤川執筆速度甚快，作品至今已超過四百部。二○○五年獲得第九屆日本推理文學大獎。雖然赤川以幽默推理出名，但在恐怖小說上的表現並不遜於推理小說，他的恐怖小說並不賣弄血腥，但在氣氛的營造上實為一絕。

次郎小說改編的電影，尤其值得一提的是，這是當時紅極一時的偶像藥師丸，在為了考大學暫停演藝事業後的復出作。而兩人三十公分的身高差距，也成為當時各方津津樂道的話題。

為了配合兩位巨星，電影版本進行了一些修改，將偵探辻山秀一的年齡變得更年輕，以符合主演的松田優作的年紀，也少了點邋遢味，讓他跟藥師丸博子更登對些；甚至於將偵探的出場安排得更有戲劇性。不僅讓他一開始以跟蹤者的形象，尾隨在直美身後，當直美因為即將離開日本，想把握最後的機會，跟隨著同社團的學長永井到海邊遊玩，甚至放下矜持要一起過夜時，這時辻山才謊稱自己是直美叔叔，破壞了兩人的好事。而直美對永井的慕戀，也成為另一個具有衝突性的安排，讓直美無疾而終的青澀戀情，與她對辻山漸生的苦澀情愫形成對比，而使得兩人關係的發展更吸引著觀眾的注目，更能呼應原作中刻意營造的曖昧感，讓人不禁大呼：「這就是青春啊！」

BOOKS

中文書名：探偵物語
日文書名：探偵物語
作者：赤川次郎
台灣出版社：皇冠出版
出版日期：一九八六年
日本出版社：角川書店／角川文化
出版日期：一九八二年十月／一九八四年一月

MOVIE

片名：偵探物語
導演：根岸吉太郎
主演：松田優作、藥師丸博子、岸田今日子、財津一郎
上映日期：一九八三年
發行公司：東映

（場刊）

主題推薦 Recommend for Movie 20

十字火焰

《十字火焰》燒個精光，就能解決一切問題嗎？

文／呂仁

當未成年者的犯罪

《十字火焰》處理的是未成年犯的議題，當生性暴戾的未成年犯罪仗恃法律的保護為非作歹時，社會究竟容不容許「私刑」的存在？

本作品為宮部美幸奇幻小說之一，發表於一九九八年，故事講述一位擁有「念力縱火」超能力女子——青木淳子，無意間目睹一件虐殺案件後，挺身而出以超能力處決其中三名不良少年，但主謀在混亂間逃走，青木淳子決定自行調查，揪出主嫌，並營救一名受暴虐女子。然而在追查過程中，她發現似乎有幕後黑手干預案件，同時，神祕組織「守護者」也找上她。原來「守護者」專門制裁法律無法懲治的對象，並吸收具有超能力者，這個組織看似與淳子志同道合，然而接觸之後，淳子發現內幕並不單純。

從前傳〈燔祭〉到《十字火燄》

小說中數次提及的一起以小暮昌樹為首的女高中生連續命案，後來演變成荒川河畔四人燒殺命案，正是青木淳子前一次的處決行動，這個故事宮部美幸在一九九五年以〈燔祭〉之名發表，〈燔祭〉的故事在《十字火焰》數度出現，就算讀者未曾讀過〈燔祭〉，仍可透過人物的回想而得知整起事件的來龍去脈。

基本上，〈燔祭〉與《十字火焰》的主線都在於制裁泯滅人性的未成年犯，輔以部分的道德討論，即「法律無法制裁的，可否動以私刑」？以及青木淳子這類特異功能人士，如何在平凡眾生中自處，尋求知己，甚至得到幸福。

〈燔祭〉裡對一般人與超能力者的感情略有著墨，在〈燔祭〉之中，女高中生命案遇害者之一多田雪江的兄長多田一樹出場，與淳子合作試圖為妹妹報仇，但在動手制裁前，多田一樹心中卻產生了動搖應不應該為了復仇而使淳子雙手沾滿血腥？感情戲分在《十字火焰》裡有更多的發揮，當多田一樹看似已得到幸福，而「守護者」的一員、多金帥氣的另一超能力者木戶浩一出現後，淳子身為超能力者的孤獨與寂寞，彷彿找到傾訴的窗口，對同一族類的木戶浩一敞開胸懷，擁抱她不敢奢求的幸福。

中規中矩的改編電影

《十字火焰》於二〇〇〇年搬上大銀幕，由金子修介導演，矢田亞希子飾演超能力女子青木淳子，也是宮部美幸首部拍成電影的作品。不同於〈燔祭〉與《十字火焰》可視為獨立但連貫的兩個故事，電影版的作法是將兩個故事結合在一起，觀賞過程中就無須像

宮部美幸

作者簡介詳見P.43

宮部美幸中譯本一覽表（台灣）

《完美的藍》獨步文化
《魔術的耳語》獨步文化
《鄰人的犯罪》臉譜
《Level 7》獨步文化
《龍眠》獨步文化
《本所深川詭怪傳說》獨步文化
《這一夜，誰能安睡？》獨步文化
《獵捕史奈克》獨步文化
《火車》臉譜
《無止境的殺人》獨步文化
《繼父》獨步文化
《寂寞獵人》獨步文化
《幻色江戶曆》獨步文化
《少年島崎不思議事件簿》獨步文化
《蒲生邸事件》獨步文化
《理由》臉譜
《阿正當家》獨步文化
《十字火焰》獨步文化
《糊塗蟲》獨步文化
《最初物語》獨步文化
《怪》木馬文化
《模仿犯》臉譜
《R.P.G.》獨步文化
《扮鬼臉》獨步文化
《勇者物語》獨步文化
《誰？》獨步文化
《無名毒》獨步文化

《十字火焰》小說一般，不時提到過去的案件，對於觀眾來說是較易於了解的。

電影版捨棄《十字火焰》裡的淺羽敬一案，而使用〈燔祭〉裡的小暮昌樹案；「守護者」的角色也略有不同；飾演多田一樹的伊藤英明角色吃重，帶點優柔寡斷的個性與小說裡的感覺十分契合；而小說中帶給淳子慰藉的木戶浩一則是成為無足輕重的角色，發揮空間有限。

電影由於時間限制，在小說支線繁複的狀況下，電影版遠較小說版精簡。舉例而言，在小說中出現的另一位超能力少女倉田薰，原本有喚起青木淳子母性與強化「守護者」角色的功能，在電影裡無法多所著墨，淪為陪襯，甚殊為可惜。

影像化的小說作品，尤其以這部科幻動作片來說，電影裡看得到超能力女子為愛情奮不顧身的燃燒，至於想要看宮部美幸筆下深刻刻畫的超能力女性對於友誼與愛情的想望，恐怕會難免有些失望。

BOOKS

中文書名：十字火焰
日文書名：クロスファイア
作者：宮部美幸
台灣出版社：獨步文化
出版日期：二○○七年七月
日本出版社：光文社／光文社文庫
出版日期：一九九八年十月／二○○二年九月

MOVIE

片名：十字火焰、走火入魔(港)
導演：金子修介
主演：伊藤英明、矢田亞希子、原田龍二、吉澤悠
上映日期：二○○○年六月
發行公司：東寶

主題推薦 Recommend for Movie 21

天才搶匪盜轉地球

《天才搶匪盜轉地球》
塗上顏色的音符

文／陳國偉

乍看莫名所以的開場

光看小說，很容易讓人覺得伊坂幸太郎的《天才搶匪盜轉地球》是本注定要改編成電影的作品。

單單從小說的開頭，那段既不像序、也不像前言、更不太像故事內容的文字，就可以依稀嗅到味道。作者大概花了一頁不到的篇幅，在講述銀行搶匪的理想人數配置，他認為「兩個人只要苗頭不對，肯定要起衝突」，三人組的感覺雖然不錯，「倒三角可就失去了平衡」，反正一輛車坐三個人或四個人逃亡都沒差，五個人又太擠，所以銀行搶匪總計有四人。

這段開頭乍看之下讓人摸不太著頭緒，顯然是作者在說話，但是說的又好像跟這本小說沒有特別直接的關係，卻又能在行文遣詞中看似理解接下來小說可能的風格，在我看來，簡直就像是當觀眾捧著爆米花、可樂、熱狗在戲院大廳等著五分鐘後開場的電影時，在牆上看板聳立的介紹文字，既說了些什麼，卻又好像什麼都沒說。

而接下來我們所迎接的，的確也是一個熱鬧、誇張、突梯、風格化卻又有著古典劇嚴謹結構的故事，而一切，都好像是為了改編電影而出現的。

熱熱鬧鬧的奏鳴曲

伊坂為他筆下的四人銀行搶劫小組設定了各自不同卻又鮮明的個性，並為他們敷演出傳奇般的才能：能看穿人是否在說謊的首腦、無論何時何地哪種題目都能即席胡謅的演講者、擁有天才般技藝的扒手與生理時鐘近乎完美的車手，這四人成為主曲調，交織穿插在小說中，加上作者偶一為之的裝飾音與變奏，如首腦的自閉症兒子與車手的複雜家庭關係，遂形成了絕佳的奏鳴曲。

用音樂來形容這本小說好像鑾老套的，但卻是我所能想到最好的比喻，因為儘管小說有個好萊塢式的開場——四人搶匪搶完銀行後卻慘遭搶運鈔車的歹徒黑吃黑，所以他們必須想辦法彌補損失，中段的發展也像電影一樣熱鬧、俐落不拖泥帶水，但是伊坂畢竟不愧是肩負著日本文學未來的男人，他偶一為之的靈光閃現，讓小說免於流於鬧劇。

不過也就是這樣，這本小說儘管類同於電影，卻很難被拍成電影。

我很難說明為什麼一個深受電影影響的作者，就算意識到自己是要寫一本「接近」電影的小說，卻仍舊會寫出一部無法被徹底電影化的作品，不過實際上是，作為伊坂幸太郎第一部改編成電影的作品，在影像與文字間仍有著不少齟齬，就算是導演已經相當努力以及認真用力的配合作品風格，但有些地方就是不對勁。

就好像、就好像為每個音符找到對應的顏色，但湊起來卻總是多了許多空白一樣。

當佐藤浩市露出白牙

相較於小說，電影同樣的風格化，美術設計為各個環節鋪陳出大片的鮮豔色彩，並且在造型與場景上都略帶復古風味，運鏡乾脆而剪接快速，配搭上各具特色的配樂，其實看起來相當愉快。

只是每每當我看到飾演演講者的佐藤浩市頂著頭金髮露齒而笑的時候，我的背脊就會閃現出一股尷尬的痙攣，唔，他其實演得算到位，只是不知道為什麼，那個牙齒總是讓我感覺分外刺眼，好像連演員自己都拿捏不好到底要張狂還是要自信一樣。

當然這不是導演也不是編劇更不是演員的錯，而是當音樂被賦予影像時所必然會遭受的結果，畢竟音樂是純粹在空氣中、在耳輪中、在思緒中傳遞的，硬要賦予它顏色，只是剝奪了它的透明感與無限可能性而已。

但換個方向想，影像似乎也賦予了小說更為踏實的基礎，而我必須要承認，在《天才搶匪盜轉地球》中所營造出的世界，是一個我不討厭、甚至有點兒喜歡的世界。

伊坂幸太郎

一九七一年出生於日本千葉縣，畢業於東北大學法學部。熱愛電影，深受柯恩兄弟、尚．積葵．貝力斯、艾米爾．庫斯杜力卡等導演影響。二○○○年以《奧杜邦的祈禱》榮獲第五屆新潮推理俱樂部獎，躋身文壇；同年作品《Lush Life》出版上市，各大報章雜誌爭相報導，廣受各界好評。二○○三年以《重力小丑》獲選為直木獎候補作。二○○八年最新作《Golden Slumber》更榮獲了年度日本書店大賞（中文版將由獨步文化出版）作者知識廣博，取材範圍涵蓋生物、藝術、歷史；文筆風格豪邁詼諧而具透明感，內容環環相扣。是近年來日本文壇上少見的文學新秀，備受矚目。

BOOKS

中文書名：天才搶匪盜轉地球
日文書名：陽気なギャングが地球を回す
作者：伊坂幸太郎
台灣出版社：台灣角川
出版日期：二○○七年十月
日本出版社：祥傳社／祥傳社文庫
出版日期：二○○三年二月／二○○六年二月

MOVIE

片名：天才搶匪盜轉地球
導演：前田哲
主演：大澤隆夫、鈴木京香、松田翔太、佐藤浩市
上映日期：二○○六年五月
發行公司：松竹

主題推薦 Recommend for Movie 22

超感應KIDS

《被遺忘的故事》

簡單的，更動人

● 文／曲辰

在我有限的閱讀經驗中，日本人大概是我所知對於「青春」這個議題最為著迷的民族，他們不斷的編排、追溯、回憶，為了就是將那最短暫卻也最光亮的一瞬間扔進可以不斷回顧的書頁或影像中。

但在這大量的青春敘事中，我發現，無論故事調性如何，編導總愛將背景設定在夏季時分。當然，這並沒有經過嚴謹的研究與比對，但我私心以為，一切的理由都是為了「光」。

是的，我相信所有編導之所以義無反顧的將青春投擲到夏天，全都是為了只有夏天毫無顧忌地灑下來的白花花陽光底下，才可能見到的燦爛奪目，因為這樣的光太直接太單純，只有年輕人可以展露出屬於他們自己的微笑。

所以，《超感應KIDS》就是在這樣的陽光底下展開故事的。

多了一個人

乙一的原著小說中是以小學生「我」當主述者，以一種平靜的口吻敘說他如何與朝戶相遇，如何發現朝戶擁有將別人身上的傷口轉移到自己身上的超能力，也就因為這個能力，改變了「我」與朝戶的關係，也扭轉了彼此的人生。

電影與小說的調性，從設定就明顯不同，電影一方面將兩個小學生瞬間拉拔到成年人，還在原本的朝戶與「我」（電影裡取名為健夫）之外加了一個女性角色志穗，而原本的第一人稱口吻也變成客觀的鏡頭，不斷穿插徘徊在三個人之間，讓觀眾從中看到他們的互動以及交談。

這樣的更動有什麼意義呢？以原作而言，是一篇相當乙一的短篇小說，由於視點強調兩個小孩間的真摯友誼，所以劇情較為單薄，嚴格說起來大概撐不起電影的架構；於是電影增加了一個女性角色，除了角色關係變得更為豐富外，也觸及了小說中並未看見的愛情，編劇並同時賦予朝戶更為厚實的人生歷程，也因此他所擁有的超能力有著更為宿命的悲劇性意義。

也就是說，相較於原作，兩個男孩好像一下子就成為對方生命的重要角色，電影倒著力在建構出三人的友好關係是如何一步一步建立起來的，也或許想避免浪費志穗這個角色（好歹請來栗山千明飾演了），更讓她在電影中有著比花瓶還要多一點的功能。導演與編劇極力堆砌出一個合情合理的氣氛，好營造電影最後的重大事件發生得毫不突兀，也才能說服讀者那個結局的渲染力由何而來。

但也就是這樣過於奇巧複雜的穿插，使得原作中真正感人的部分被削弱了，原本的情感是極為素樸直接的，不需要詮釋也不需要過多的裝飾，讀者就能感受到那份失去與信任的心情擺盪；但電影卻需要仰賴一記又一記的重拳將朝戶擊倒在地，之後又用一個人工感很強的結局安撫觀眾，其實看來是有些疲乏的。

電影的核心

還好朝戶是小池徹平飾演的，在電影一開始，當陽光穿過巴士的窗戶照在小池的側臉時，那份從皮膚深處傳達而出的透明感，成功搭配了「stand by me」這首歌讓人感受到一種久違的純真感，也是以他這份純真為核心，整部電影才不至於垮掉。

也就是透過他在陽光下展露的燦爛笑容與之後越來越陰沉的憂鬱眼光，才平衡了玉木宏耍狠與栗山千明裝自閉的不自然感，也才能說服觀眾，為什麼朝戶願意如此無私付出，而健夫卻也幾乎毫無保留地守護著他。

畢竟在導演與攝影師的聯手打造下，陽光下的小池徹平，看起來活脫脫就像個天使一樣。

乙一

本名安達寬高，一九七八年生於日本福岡，畢業於豐橋技術科學大學。一九九六年以〈夏天・煙火・我的屍體〉獲第六屆「JUMP小說・非小說大獎」出道，迅速獲得許多讀者和前輩作家的關愛。作品領域橫跨恐怖、推理、純愛，是日本當代最重要的大眾小說家之一。二〇〇三年以《GOTH斷掌事件》獲得第三屆本格推理小說大獎。近年作品有其首部長篇推理小說《槍與巧克力》（獨步即將出版）。

BOOKS

中文書名：被遺忘的故事
日文書名：失はれる物語
作者：乙一
台灣出版社：台灣角川書店
出版日期：二〇〇八年五月
日本出版社：角川書店／角川文庫
出版日期：二〇〇三年十二月／二〇〇六年六月

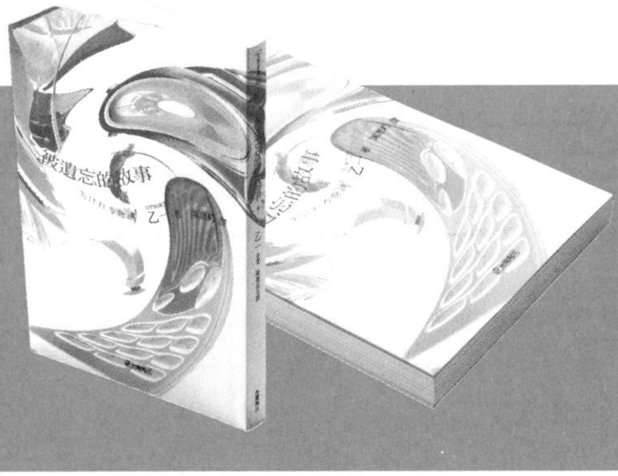

MOVIE

片名：超感應KIDS
導演：荻島達也
主演：玉木宏、小池徹平、栗山千明
上映日期：二〇〇八年二月
發行公司：東映

（海報）

主題推薦 Recommend for Movie 23

死神的精確度

《死神的精準度》當死神行走人間

文／張筱森

魅力無法擋的角色

伊坂幸太郎自從以《奧杜邦的祈禱》一鳴驚人地登場以來，他的小說始終呈現出一種與眾不同的氛圍，不光是謎團設計獨樹一格，更重要的是伊坂筆下的大部分角色都充滿了能夠牢牢抓住讀者內心的魅力。

像是《重力小丑》的泉水與春兩兄弟，或是《孩子們》中堅持認為世界就該繞著自己轉的陣內。姑且不論如果現實生活中身邊有個像陣內一樣的朋友，恐怕是厭煩比覺得有魅力的時間來得多，然而就是很難抵抗想要一窺他們活躍於伊坂小說世界時的模樣，他們正是所謂充滿了「Charisma」（天賦異稟，領袖魅力）的人物。

由於這些角色太過吸引人，不止讀者深深著迷，日本演藝圈也接二連三地試著將這些二次元的角色帶到三次元的世界來，二○○七年有評價甚佳的《家鴨與野鴨的投幣式置物櫃》，二○○八年則是由台灣觀眾和讀者都十分熟悉的金城武擔綱演出了《死神的精確度》的死神──千葉。

風格特異的死神

死神千葉或許是伊坂筆下最具特色的角色之一了，原因無他，因為他是個神；雖然更多時候他看起來更接近人類世界的公務員。而且和其他同事相比，他似乎總是有點狀況外，不過大抵而言他始終保持著冷靜，甚至有時會顯得冷酷了。

始終以冷靜時而稍稍脫線的眼光看著人類世界的千葉，為《死神的精確度》一書帶來一種高度風格化的疏離感，也讓書中的人類角色的某些作為竟顯得滑稽起來了。

這樣的千葉不用說絕對是典型有著伊坂式魅力的角色，只是和其他人類角色相比，他身上的遠離浮世的氣質則更加強烈。也因此在改編成電影之際，若是千葉一角選擇錯誤，那麼整部電影可能就此砸鍋。

伊坂在接受訪問時談到由金城武飾演千葉一角是他授權改編的原因之一，自《重慶森林》（一九九四）和《墮落天使》（一九九五）以來，他便一直是金城武的影迷。因此雖然寫作之際並非以金城為模特兒塑造千葉，但是金城特有的「明明長得很帥，卻有點怪怪的」氣質，則和千葉波長十分相合，像極了那個有點怪怪的死神。和書中的有時冷靜到冷酷的千葉相比，金城演出的千葉較為溫暖、親切，也更迷糊，更貼近了電影的質感。

伊坂幸太郎
作者簡介詳見P.71

伊坂幸太郎作品中譯本一覽表（台灣）

《奧杜邦的祈禱》獨步文化
《Lush Life》獨步文化
《天才搶匪倒轉地球》台灣角川
《重力小丑》獨步文化
《家鴨與野鴉的投幣式置物櫃》獨步文化
《孩子們》獨步文化
《蚱蜢》獨步文化
《死神的精確度》獨步文化
《沙漠》獨步文化
《天才搶匪面面俱盜》台灣角川

溫暖動人的改編

回到電影本身，小說是由六篇短篇組成的連作短篇集。導演和編劇放棄了看似最易發揮的〈戀愛與死神〉以及有著公路電影性格的〈旅途中的死神〉，反而取了其中的〈死神的精確度〉、〈死神與藤田〉、〈死神VS.老婆婆〉，組成了看似無關，實則緊密相連，橫跨了一九八五年、二〇〇七年以及二〇二八年的故事。

從電影一開始的小女孩葬禮，可看出電影真正想表現的重點是伊坂在小說中當做背景處理的親子關係，這也讓這部電影在最後的謎底揭曉之際，洋溢著一股讓人暖到心裡的溫馨感受。

雖然電影少了小說中較為尖銳、犬儒的部分，本片卻也從另外一個角度說了一個溫暖、動人的故事，就像是片尾的藍天一樣令人感動。

BOOKS

中文書名：死神的精確度
日文書名：死神の精度
作者：伊坂幸太郎
台灣出版社：獨步文化
出版日期：二〇〇六年十一月
日本出版社：文藝春秋／文春文庫
出版日期：二〇〇五年六月／二〇〇八年二月

MOVIE

片名：《死神的精準度》（台）、《甜言蜜雨》（港）
導演：筧昌也
主演：金城武、小西真奈美、富司純子
上映日期：二〇〇八年三月
發行公司：華納兄弟

（海報）

名家專欄

秋天、散步與東京的我

電影與小說中的推理現場

● 文／陳國偉

在台灣，四季總是不分明，常常好像只有春夏冬三個季節，有時春跟夏甚至隱沒了界線。但到了東京，四季實在分明，特別是能感受到台灣難見的秋天，就在這寒暖互漸的季節裡，格外想在那乾爽宜人的空氣中散個步。

該去哪裡好呢？身為一個推理迷，既然來到了日本推理小說最繁忙的「現場」，就應該去看看這些曾經出現在電影或小說裡的夢幻場景。於是我決定搭上電車，沿著山手線，開始我的秋日東京推理之旅。

青春的疾走——《偵探物語》

對熟悉日本的台灣推理讀者來說，講到池袋，可能馬上想到石田衣良筆下的《池袋西口公園》。但很多人可能並不知道，擁有日本推理教父地位的江戶川亂步，晚年有很長一段時間就住在池袋立教大學附近，而他著名的藏書閣「幻影城」，也在這裡。由於這個原因，二〇〇七年日本推理作家協會六十週年的紀念活動，就安排在立教大學舉辦，當時也開放亂步邸參觀。當然，現在亂步的後代已經沒有居住在那裡，而由立教大學成立了「江戶川亂步紀念大眾文化研究中心」，成為亂步的研究重鎮。

立教大學雖然佔地不大，校園卻相當典雅美麗，尤其是從大門進去的紅磚大樓一號館，更是許多日劇迷的夢幻景點，因為包括《長假》、《愛情白皮書》、《大和敗金女》都曾在此拍攝，可以說是戲劇製作單位的好朋友。

赤川次郎名作之一《偵探物語》，一九八三年搬上大銀幕時，電影中藥師丸博子所飾的女主角新井直美就讀的大學就是在此取景，因此當觀眾看到松田優作所飾的私家偵探辻山秀一，暗中保護並跟蹤女主角時，就像是在參觀立教大學的美景。當然，爬滿綠藤的紅磚大樓，以及相映著看來更為潔白的校園小徑是絕對少不了的。

走進歷史的那個坡道——〈D坡殺人事件〉

從立教大學前的立教通走出去，就可以從Ｃ3出口到電車站，作為全東京流量第二的大站，若將私鐵加進來，總共有七條以上電車路線在此交會。

坐上山手線電車，這時友人Ｍ卻來了電話，告知我一間與亂步有關的咖啡館，就坐落在千駄木，因此我在西日暮里站轉搭千代田線，

陳國偉　筆名遊唱。國立中正大學文學博士，現為國立中興大學台灣文學所助理教授。新世代小說家、推理評論家、ＭＬＲ推理文學研究會成員。

一出站就在道路旁漆繪的地圖上看到了「亂步咖啡」的位置，走了大概兩百公尺，看著有點復古的外貌，懷著一顆忐忑的心打開了咖啡館厚實的木門。

咖啡館不算大，但因為坐滿了客人，所以我和同行的友人L坐到吧檯，並偷偷窺看店內的擺設與風格。牆上掛滿了〈人椅〉、〈閣樓上的散步者〉的電影海報，以及一幅怪人二十面相的小畫等許多與亂步有關的東西。此外，還有很多爵士跟貓的海報，桌邊也擺置以貓為主題的攝影展的宣傳卡片，看來老闆不僅是亂步迷，也和亂步一樣是愛貓族。

沒有多久，走了不少客人，我們終於可以坐到靠牆的位置，品嚐相當香醇的咖啡。桌上擺了兩本已被客人寫滿的留言本，不愧是雜誌推介的名店，不僅有世界各地的貓迷來到這裡，而且因為這兒曾被內田康夫寫進《上野谷中殺人事件》，雖然在書中變成中華餐館，

1. 立教大學一景
2. 立教大學紅樓、小徑
3. 這就是著名的D坡
4. 亂步咖啡館外觀

5. 亂步咖啡館老闆顯然是愛貓人
6. 東京車站14號月台
7. 淺草花屋敷表演舞台

但還是吸引很多淺見光彥迷的到來。

因為我們知道D坂就在左近，所以便想瞭解該怎麼去，被我們懷疑是老闆女兒的店員卻開朗地笑著說，D坂就是電車站旁邊的坡道上，但那裏其實沒有很特別，她擔心我們會覺得很無聊。

離開咖啡店的時候，我們看到了那個著名的牆飾「D坂308步」，於是我們走回電車站，沿著坡道往上爬，開始揣想小說中明智小五郎的視線，如何地橫越街道，看向對面的雜貨店。沒有多久，我們終於在一堵水泥圍牆旁，看到草叢中一個小小的白色木牌，寫著「團子坂」，我們知道就是這裡了，這裡就是日本推理史另一個重要的起點。不論當初電影版是否在此拍攝，都已難尋舊跡，現今兩旁只剩民居及公寓大樓，沒有了雜貨店，也失去傳統的氣息，只剩三五成群剛下課、吵鬧走過的高中生了。

消失的四分鐘，消失的月台——《點與線》

散步才沒進行多久，我卻已偏離了主題，實在有些不該。但能夠目睹到日本推理小說史最富意義的坡道，還是讓人心滿意足。但接下來我馬上要抵達的，則是另一個在日本推理史上留名的「四分鐘」現場，那就是松本清張《點與線》中東京車站的「十三、十四、十五號月台」。

東京車站的外觀對於台灣人來說，是再熟悉也不過了，在台灣有許多日治時期興建的建築物，都是採用這種仿文藝復興時期的紅磚瓦建築風格。而車站內部，由於匯集了JR與新幹線，因此光是兩者，相加起來就有廿八個月台。

《點與線》開場安田辰郎所在的十三號月台，現在已經成為橫須賀線與總武本線的月台，而當時被目睹、一週後成為冰冷屍體的阿時與同行男子前往九州所乘的十四、十五號，現在已經成為東海道及山陽新幹線的月台，雖然人潮依舊，但已不復當年的面貌，或許只能在一九五八年的電影中看到。現今的月台不僅充滿現代感，當新幹線列車快速駛離，更像是召喚著我們無從掌握的未來。

不過仍值得期待的是，原本在車站二樓的東京車站飯店，由於配合車站整體整修而停業，預定二〇一一年重新營業。這個歷史悠久，連江戶川亂步、松本清張都投宿過的飯店，等它再現風華時，我一定要去領略它的歷史風采。

真實與想像的舞台——《圈套》

結束了東京車站的月台巡禮後，我赫然發現遺漏了一個非去不可地方，那便是後來拍了兩部電影的推理日劇經典《圈套》的重要場景：「淺草花屋敷」。於是我坐山手線回頭到上野站，再更換銀座線到淺草，想要一睹這個屢屢出現在《圈套》場景中，山田奈緒子每次表演魔術，卻都把觀眾嚇跑的主要舞台。

淺草花屋敷這個老東京人記憶中不可或缺的遊樂園，在一八五三年開始營業時原本是花園，後來因為戰爭爆發而改為遊樂園，佔地不大，基本的設施一應俱全，而且處處透著一股懷舊的氣息。由於地處鬧區，搭乘雲霄飛車時，還會有要衝進民宅公寓陽台的錯覺，形成意外的刺激感。

當我來到這個奈緒子老是挫敗的舞台時，卻充滿了興奮之情。舞台上沒有表演，因此台下大多是來此校外教學的中學生在休息。我偷偷跑上舞台，以劇中奈緒子布幕後的視角探看觀眾席。舞台後的通道相當狹窄，但一看就眼熟不已的紅色系桌椅提供了《圈套》在此拍攝過的證明，因為那正是主持人給奈緒子遣散費的地方。

其實除了《圈套》之外，由中山裕介、水野美紀主演，改編自西村京太郎《華麗的誘拐》的電影《戀人狙擊手》也曾在此取景，讓這個古老的遊樂園，不僅充滿了悠長時間的氛圍，更多了點推理味。

媽媽，我的那頂帽子怎麼了？——《人性的證明》

坐上銀座線準備從上野站回到山手線，我臨時改變了主意，因為繼續搭這條線就可以到「赤坂見附」站，去一睹我心目中的日本推理經典《人性的證明》電影的拍攝景點：新大谷飯店。不論讀者是看電影或小說，對於那一頂關鍵的「麥桿帽」，一定印象深刻。一九七七年由松田優作主演的電影版，就是在新大谷飯店拍攝的。

您覺得屋頂像麥桿帽嗎?

但待我一出赤坂見附站，仔細一看才發現，究竟怎麼回事，為什麼有兩頂麥桿帽呢？

原來新大谷飯店有著正館及花園塔樓，兩棟建築物屋頂的設計類似，只是正館的屋頂較方正而花園塔樓較圓弧，不少旅遊導覽書籍都誤認正館的屋頂是《人性的證明》電影中強尼所看到的麥桿帽，其實花園塔樓才是當時劇組取景的對象，那才是開啟整場悲劇的關鍵記憶。

而電車站的弁慶濠畔，正是當時電影中刑警們沿著血跡尋找線索時，抬頭望見的景象，也因此了解到強尼在失血過多的狀態下，所看到的記憶幻象。這不僅是整部小說（電影）謎團的開端，更是情感的重要象徵，都濃縮在這座建築物的頂端。何其有幸，我在秋天的傍晚，來到這棟建築物前，見證到森村誠一與松田優作的交集（由於森村誠一在出道前便是在新大谷飯店工作，電影中他就客串櫃臺檯的服務人員，並與松田優作有對手戲）。

隨著天氣愈發地涼，我離開了森村誠一筆下的悲劇世界，隨著逐漸轉濃的夜色，準備前往這次散步的終點：欲望的不夜城「新宿」。

欲望狂舞的夜晚──《新宿鮫》與《不夜城》

從赤坂見附搭乘「丸之內線」，只要三站就可以來到新宿，等於是又回到了山手線上。而從東口出去，就來到這次散步的終點：新宿歌舞伎町。

夜晚的歌舞伎町乍看華麗，卻有著紙醉金迷的腐敗氣味，一走入歌舞伎町一番街，就可以看到林立的成人情報站、柏青哥、麻將店、居酒屋，以及在道路上發傳單招攬生意的小弟，拼湊出一種熱鬧卻讓人隱隱不安的氣氛。

經過新宿KOMA劇場不久，就會看到《新宿鮫》系列中最繁忙的歌舞伎町交番（派出所）；橫向的道路則是「夜王」的世界，閃亮的牛郎看板讓人眼花撩亂，穿著入時的女子與西裝筆挺的牛郎在大街旁送往迎來，讓人不禁好奇，每夜有多少OL將她們長年辛勤工作所得，在這裡換取一個夢幻的愛情故事。

有人每晚想到這裡來換得溫存，有人卻一直想離開，馳星周筆下《不夜城》的主角就是最好的例子。在這個欲望街頭，我們將會看到電影中飾演劉健一的金城武，將與飾演《新宿鮫》鮫島崇的真田廣之擦身而過，也許他們會在櫻花通再次相遇，或是在劇場通上，又或者是區役所通……。在這個夜晚的國度裡，隱藏著他們宿命的街道圖，作為過客的我們將要離開了，但他們仍必須在這裡繼續迎接著星沉月落，以及下一個未明的黎明。

夜深了，我繼續搭乘山手線準備回旅館，告別這燈色如畫的擾攘街市，那莽莽然的欲望雖然自我身後遠去。但我知道，就像闔上一本推理小說，只是向那死亡的欲望圖景暫時告別，下一個又將會在另一本書中，繼續上演著。新宿的存在有如推理世界的一個隱喻，只要人慾橫流不止，它就永遠不會消失，永遠有說不完的故事。

新宿歌舞伎町

姑獲鳥之夏

《姑獲鳥之夏》
換了羽毛，內裡就不一樣

文／曲辰

看不見的姑獲鳥

在我心中，京極夏彥是由一連串的耳語堆積出來的印象，聽來頗為怪異，原因卻驚人的簡單。

我崇拜他的時候太早、能夠讀懂日文的時候又太晚，所以在看完他當時僅有的兩套中文小說後，便只能在網路上無窮盡地翻檢著各項關於他的資料、介紹，靠著某些人撰寫的篇章中靈光一閃出現的京極身影，一點一滴地拼湊出他的形象。

有趣的是，我在讀《姑獲鳥之夏》的時候，也有類似的感覺。原本只是簡單的家庭悲劇，卻因為誤會成為街頭傳聞，進而配搭上都市傳奇，最後再被敷演上內容多變的姑獲鳥傳說，形成了這麼一本華麗的推理小說。

是的，華麗

讀完《姑獲鳥之夏》的人，我想很難不被其中的繁複構造與特出的人物設計吸引吧，尤其是書中的妖異氣氛彷彿過熟的水蜜桃一般，略一掐就會滲出，特別是書中偵探京極堂穿梭於理性的科學與幻想的妖怪世界，任意用語言操弄關口以及讀者對世界的認知，更是閱讀這本小說的醍醐味，這一切的一切，都很容易讓人對《姑獲鳥之夏》產生雜沓的認知。

但是這種雜沓、特別是書中的那種遊走真實與幻境之間的獨特腔調，完全都只能累積在文字之上，讀者或許以為京極夏彥寫出充滿邪惡氣氛的場景是靠他特有的描繪筆調，但是真正令人讚嘆的地方，其實是在作者巧妙地經營對話與情節，將讀者的情緒堆疊到一個適當的位置時，將充滿情調的場景拉出來，於是前面所有的認知全都凝聚在當下的氛圍上，於是人物、舞台全也跟著栩栩如生了。

很高超的技巧，但也是注定無法複製成影像的技巧。

看得見的姑獲鳥

電影版《姑獲鳥之夏》當初受到相當高的矚目，除了是《帝都物語》導演實相寺昭雄執導之外，眾多重量級演員也是值得注意的，甚至還傳出要仿效《哈利波特》一年拍一集京極堂系列的雄心壯志。

可是當成品出來後，卻引來諸多議論，其中例如選角不當（大概針對木場修太郎與榎木津禮二郎〈分別由宮迫博之和阿部寬飾演〉的怨懟聲是最強的）、場景過於寒傖、劇情過於破碎等等都一一被指出來。

但在我看來，實相寺導演的最大問題卻是「太過忠於原著」，因為在乎原著，所以就會被小說中的文字給綁手綁腳，小說開頭長達萬餘字的對話在閱讀過程可能是二十來分鐘，照著念卻要花上一百分鐘上下，但去蕪存菁後卻又達不到小說那種逐漸逼近的效果。經營場景同樣相當用心，但是《姑獲鳥之夏》的場景並不止於一個「形貌」而已，其上還有無數的「情緒」纏繞著，這並沒有辦法藉由影像傳遞到觀眾的內心，因而成為一齣不算成功的電影。

但是回頭想想，如果已經看過原書的讀者，想要複習、再讀一次卻又不想花上同樣冗長的時間，那看電影倒是很不錯的選擇，因為編導幾乎將最關鍵梗概的情節都摘出來了，就好像是在看摘要一樣，可以大致溫習一遍全書的發展。

也就是說，就一部電影而言，《姑獲鳥之夏》略嫌拙劣，但以改編電影而言，《姑獲鳥之夏》倒是可以接受的一部作品。

京極夏彥

原名大江勝彥，一九六三年三月二十六日出生於日本北海道小樽市，是風格獨具的怪奇推理作家，善於描繪人心的錯綜複雜，也是新本格派的先鋒人物。一九九四年以妖怪小說《姑獲鳥之夏》出道，接著以《魍魎之匣》獲第四十九回推理作家協會獎。代表作品有《嗤笑伊右衛門》（第二十五回泉鏡花文學獎）、《偷窺狂小平次》（第十六回山本周五郎賞）、《狂骨之夢》等。京極學識淵博，藏書量驚人，對怪力亂神有濃厚的興趣，但小說中最後都會提出合理的解釋。

BOOKS

中文書名：姑獲鳥之夏
日文書名：姑獲鳥の夏
作者：京極夏彥
台灣出版社：獨步文化
出版日期：二〇〇七年六月
日本出版社：講談社／講談社文庫
出版日期：一九九四年九月／一九九八年九月

MOVIE

片名：姑獲鳥之夏
導演：實相寺昭雄
主演：堤真一、永瀨正敏、阿部寬、宮迫博之、原田知世
上映日期：二〇〇五年七月
發行公司：日本ヘラルド映畫

(場刊)

OUT主婦殺人事件

《OUT》

越界之後，是沉淪還是出口？

●文／夜瞳

人心深沉的黑暗、思緒的瞬息萬變、情感的孤獨，這是我對桐野夏生作品的最初印象。和她的初次邂逅，是那本獲得江戶川亂步獎的《濡濕面頰的雨》，而第二本所閱讀的作品，就是《OUT》一書。這部小說完成於一九九七年，並於一九九九年改編成日劇，二○○二年搬上大銀幕，二○○四年時還入圍了愛倫坡獎最佳小說。

二○○○年《OUT》在台出版時，加了一行副標「主婦殺人事件」，點出了主角們的身分。擅長刻畫女性的桐野，這次將關注的對象移到四個平凡的現代日本女性：有個嗜賭的暴力丈夫和兩個嗷嗷待哺幼兒的彌生，負債累累卻無法停止購物、只得不斷向地下錢莊借錢的邦子，必須照顧癱瘓的婆婆和叛逆女兒的寡婦良江，以及在前職場和家庭裡努力多年卻換得一場空、和家人關係日漸冷淡的雅子。這四位女性是在便當工廠上夜班的同事，故事敘述彌生一時氣憤在衝動下殺死丈夫後，其他人為了錢或其他原因幫忙分屍滅跡，卻因棄屍不當讓分屍案曝光，她們不僅要應付警方的盤查，還得面對越陷越深的殺人分屍案件困境，此外還有黑道流氓因為不甘莫名背黑鍋，而想查出真相的威脅……

「不信任任何人卻想生存下去，那是不可能的。」

當這樣一個故事影像化後，如果要呈現原書氛圍，角色的詮釋成功與否就很重要。雖然我先看的是日劇版，對飾演雅子的田中美佐子那冷酷的表情印象深刻，但電影版裡的四個主要演員原田美枝子、倍賞美津子、室井滋和西田尚美也是表現不俗。在電影中，為了精簡主題刪節了一些角色和情節，這樣的好處是讓焦點更集中在四位主角身上，然而也因此削弱了一些主角們個性複雜與迷人之處，尤其是電影將主角雅子的個性設定和結局做了若干修改。

電影版的雅子，令人感覺是為情勢所逼做出了抉擇，之後才順勢以此作為逃出現狀的機會，相對地，較感受不出她本身被困在徒具形式的空殼家庭中的孤獨與嚮往自由的決心。甚至面對年長的良江，還會表現出脆弱的一面，因寂寞而哭泣。也因為她的內心沒有那麼深的黑暗和壓抑，原本在小說中另一個重要男性角色、用來和雅子做對照的佐竹，在影片中也就沒有什麼發揮之處了。

在孤寂的宿命中，夢想著靈魂的自由

電影簡化了人物的心理轉折，且讓她們在情感上彼此依賴，甚至一起（吵吵鬧鬧地）

桐野夏生

一九五一年生於日本石川縣金澤市。九三年《濡濕面頰的雨》獲得第三十九屆江戶川亂步獎，本作為日本女性冷硬派小說之濫觴。九七年以《OUT主婦殺人事件》獲第五十一屆日本推理作家協會獎，九九年《柔嫩的臉頰》獲第一二一屆直木獎，二〇〇三年則以《異常》(麥田出版)獲第三十一屆泉鏡花文學獎，二〇〇四年以《殘虐記》獲第十七屆柴田鍊三郎獎。同年《OUT主婦殺人事件》獲美國愛倫坡獎最佳小說部門提名，雖未獲獎，但已創下日本推理作家的新紀錄，國際聲譽扶搖直上。作品風格銳利、冷酷，為日本的犯罪小說帶來了全新潮流。其他尚有《怪物們的晚宴》、《玉蘭》(以上二作，中文版由麥田出版)等。

走上亡命天涯的路途，少了小說裡孤獨、寂寞又無法信任別人的蒼涼，多了女性之間彼此患難扶持的相知相惜。這樣一個告別了各自的過去，迎向充滿希望、不安與未知將來的結局，毋寧是溫暖一些的，觀眾甚至忍不住要希望這些已經掙脫枷鎖的女人們，都能重新開始另一段生活。

看完小說和電影，其實可以理解為何當初直木獎評審會覺得本書太過黑暗，道德觀念似乎也太敗壞。殺人分屍這樣一個駭人聽聞的事件，竟成了女性追求個人自由的轉變契機，而且沒有法律和道德介入之處。這本書在大陸出版時譯為《越界》，不但暗示了彌生一時衝動所犯下的殺人行為，也象徵了雅子一行人幫忙毀屍滅跡、甚而以分屍牟利的生意。當她們以製作便當時的俐落效率處理打包著屍塊時（這幕透過影像呈現時，看起來還真有點毛骨悚然），似乎也在某種精神層面上，用這種不見容於社會的犯罪，對命運提出無聲的嘲諷與吶喊。

然而跨過了那條界線之後，另一邊的世界又有什麼在等著她們呢？是向黑暗的永遠沉淪，還是一個可以永遠解除束縛的出口？

BOOKS

中文書名：OUT主婦殺人事件
日文書名：OUT
作者：桐野夏生
台灣出版社：台灣東販
出版日期：二〇〇〇年十二月一日
日本出版社：講談社／講談社文庫
出版日期：一九九七年／二〇〇二年

MOVIE

片名：OUT
導演：平山秀幸
主演：原田美枝子、倍賞美津子、室井滋、西田尚美
上映日期：二〇〇二年
發行公司：福斯電影

祕密

《祕密》
那女人，這女孩，都有個祕密……

文／細風

記得多年前看《祕密》這部電影時，口中不自覺呢喃著，能把十九歲的廣末涼子娶來當老婆，簡直是男人的夢想啊！（讓人暗自嘆息的是，她幾年之後真的當了人妻，還生了小孩，卻也步上了離婚、復出、人氣下滑的宿命。）

身體與靈魂的錯置

《祕密》改編自東野圭吾的同名小說，劇情環繞著杉田平介及其妻女一家三口，是個揉合科幻、親情、愛情，但看完後卻會心生驚歎和疑惑的故事。平介的妻子直子和女兒藻奈美在返鄉路上發生車禍，倖存的藻奈美甦醒後卻對著平介叫老公；遭逢喪妻之痛的平介雖對妻子的靈魂（意識）「進入」了女兒身體一事無法置信，但藻奈美卻清楚記得夫妻間的點點滴滴，讓他不得不相信真有所謂「附身」，而且還發生在自己最親的兩個人身上。

康復後的「直子」開始接續過著藻奈美的生活，上學、念書、考試，回到家後卻又以女主人的身分幫老公煮飯、打點大小事。妻女身分的轉換對平介而言是矛盾且複雜的，當他看著「身為女兒，心為妻子」的藻奈美一天天長大，他的危機感也日漸高升；而對直子來說，她卻想把握重新活過一次的機會，完成少女時的夢想。

直到有一天，她睡醒睜開眼的第一句話：「爸，我怎麼了？」……

抓住讀者情緒的水準之作

在這部作品中，東野相當精準地描寫了中年男子面對變成妙齡少女的妻子的焦慮，以及主角強自按捺的欲望（東野寫這個故事時，年紀正好是四十歲，或許更是加感同身受？），雖然故事裡母女身分交換的安排有些脫離現實，但在閱讀過程中，讀者仍然會對主角們的感受和行為有所認同（相信男性讀者更能體認平介的反應），宛如也歷經一場帶點奇想浪漫的生命之旅。

除了平介一家的故事外，作者也安排了平介以受難者家屬的身分追查事故背後的原因，但相較於傳統推理小說中充滿犯罪意味的緊張感，東野在這部分的處理上雖帶點寫實批判的立場，但過程和結局是較為溫和圓滿的。而兩條故事線的收尾則更見功力，最後峰迴路轉的高潮，毋寧說是調皮促狹的東野給沉浸於浪漫氛圍的讀者一記快速直球，讓人掩卷之後剎那間看不準真相究竟為何。

兩個廣末涼子的精采詮釋

若說小說的成功在於主角平介的剖繪，那電影版的重點反倒是女主角廣末涼子的精湛演出。當時的廣末憑著清新俏麗的外表、影視歌三棲的成就，堪稱演藝界的寵兒。

在原著小說裡，藻奈美的出場年齡是十一歲，而電影版則是十七歲，這樣的改編一方面配合廣末涼子的年紀，一方

東野圭吾
作者簡介詳見P.13

東野圭吾作品中譯本一覽表（台灣）1

《放學後》林白，已絕版
《畢業前殺人遊戲》皇冠，已絕版
《十一字殺人》皇冠
《宿命》獨步文化
《雪地殺機》林白，已絕版
《名偵探的守則》獨步文化
《惡意》獨步文化
《祕密》獨步文化
《偵探伽利略》獨步文化
《白夜行》獨步文化
《預知夢》獨步文化

表2請參閱P.91

面也不會讓觀眾對主角年紀的差距產生不快。儘管如此，直子／藻奈美角色的互換和詮釋是仍屬不易，但廣末的表演卻相當有說服力，舉手投足間的神態，時而清澈時而迷惘的眼神，都讓觀眾感受到「兩個」女主角是確實是各自存在的。

相較於廣末，飾演平介的小林薰的表現算是恰如其分。另外合演的還有金子賢、伊藤英明等人，但整體來說，廣末仍為全片的焦點。至於導演瀧田洋二郎早期是拍痴漢（色狼）系列電影起家，除了《祕密》外，二〇〇一年由他執導的《陰陽師》及二〇〇三年的《陰陽師II》應該也是推理迷相當熟悉的改編作品。

《祕密》的小祕密

第二十三屆日本奧斯卡獎（即日本影劇學院大獎）中，《祕密》和其他兩部電影有著有趣的關聯：入圍男主角的小林薰敗給了主演《鐵道員》的高倉健，而廣末涼子則是在《鐵道員》中客串演出，並以該角色入圍女配角，但她卻敗給了演出《菊次郎的夏天》的岸本加世子，而岸本加世子正是《祕密》中原本的直子，也就是廣末涼子的媽媽。

附帶一提，《祕密》這個故事後來被法國片商買下版權，並於二〇〇七年翻拍，片名直譯為《如果我是你》，男主角居然是好久不見的《X檔案》的穆德探員（大衛杜尼）！

BOOKS

中文書名：祕密
日文書名：秘密
作者：東野圭吾
台灣出版社：台灣東販
出版日期：二〇〇〇年四月
日本出版社：文藝春秋／文春文庫
出版日期：一九九八年九月／二〇〇一年五月

MOVIE

片名：秘密
導演：瀧田洋二郎
主演：小林薰、廣末涼子、岸本加世子、金子賢
上映日期：一九九九年九月
發行公司：東寶

青之炎

● 文／呂仁

《青之炎》
青少年的憤怒，會將他引導到什麼地方？

以犯罪小說作為外衣的青春小說

主角櫛森秀一是一名高中生，與母親、妹妹組成和樂的單親家庭，由於不速之客前繼父闖入，使得平靜生活掀起波濤，於是他就在家裡的廢棄車庫中，計畫一樁完全犯罪計畫。

如何找出高中生可以做到的殺人手法，並偽裝成意外或製造不在場證明，是主角在故事開端一直努力思考的課題，也因此小說有相當篇幅鋪陳櫛森尋思犯罪計畫的過程。說老實話，這部分讀來並不有趣，但在實際上卻相當合理，若一位高中生翻翻書本就輕鬆籌劃好完全犯罪計畫，也是有欠說服力。只是這段過程鉅細靡遺寫出，不免有些沉悶就是了。

就算被殺的對象如何窮凶惡極，動私刑依然於法不容，小說家要處理這樣的議題，較常見的作法是將死者塑造成天理難容的敗類，如東野圭吾的《徬徨之刃》與宮部美幸的《十字火焰》等，如此一來，讀者較容易認同主角的報復或制裁行為。在《青之炎》中，死者生前的確造成了櫛森秀一的家庭氣氛惡劣，引起秀一強烈不滿。然而，作者所安排的動機是否能為讀者普遍接受，恐怕是見仁見智，進而影響對本書的好惡。

以本作來說，主角是高中生，高中生會有怎樣的想法，對於困境會如何的因應，支撐起這個故事裡大多數角色的一言一行。計畫殺害繼父的主角秀一、對於秀一抱持好感的福原紀子、秀一好友無敵的大門，與偷賣酒給秀一的蓋茲，青少年們的想法與行為在《青之炎》一書中刻畫得頗為成功，算是一部以犯罪小說作為外衣的青春小說。

掌握原著精髓與氣氛的改編電影

《青之炎》是貴志祐介一九九九年發表的作品，電影則於二〇〇三年推出，由蜷川幸雄導演。偶像歌手出飾主角為本片宣傳時的重點，櫛森秀一由偶像團體「嵐」的成員二宮和也飾演，福原紀子則由松浦亞彌演出。雖然二宮和也在演出時比原著設定的年齡大上三歲，但演出高中生的青澀模樣表現不俗，松浦亞彌當時則剛好是十七歲的高中女生年紀，本片也是她的電影處女作。

唐澤壽明與竹中直人兩位演技派男星，在片中友情客串便利商店店長與出租信箱的職員，為本片增添了一些星光。

負責偵辦的警部補山本英司，

貴志祐介
作者簡介詳見P.37

貴志祐介作品中譯本一覽表（台灣）

《黑暗之家》台灣角川
《天使的呢喃》台灣角川
《深紅色的迷宮》台灣角川
《青之炎》台灣角川
《玻璃之鎚》台灣角川

由中村梅雀擔綱演出，在小說中僅是一位老練的警察角色，在電影中則多了一些溫情。像是他試著學騎自行車，為的是了解秀一的想法，這段小說以外的增補，相當程度地扭轉警察在原著中不討喜的角色。

此外，電影版也拿掉了與「媒體」相關的篇幅，使故事較為單純，觀眾得以較為專注在故事主線上，也省去小說中對「媒體」的看法而可能引發的爭議。

相模灣的藍天與海、秀一車庫的藍色燈光，與片名《青之炎》的青色相呼應，也加深了讀者對於故事的連結感。

電影中有一幕秀一關燈準備離開車庫的畫面，冷色的日光燈一一熄滅，終至完全黑暗，忽然間車庫鐵門拉起，強烈日光射進，黑暗逃逸無蹤，彷彿走進光明，然而再下一幕，鐵門拉下，車庫內部又只剩闃寂的黑暗。這段關燈、開關鐵門的幾幕，充分說明了導演蜷川幸雄完全掌握了原著的精髓與氣氛醞釀，執導這部以青少年為主角的電影，火候拿捏恰如其分。

BOOKS

中文書名：青之炎
日文書名：青の炎
作者：貴志祐介
台灣出版社：台灣角川
出版日期：二〇〇三年十一月
日本出版社：角川書店／角川文庫
出版日期：一九九九年／二〇〇二年

MOVIE

片名：青之炎
導演：蜷川幸雄
主演：二宮和也、松浦亞彌、中村梅雀、鈴木杏
上映日期：二〇〇三年三月
發行公司：東寶

信

《手紙》盈滿救贖與希望的生命書寫

文／心戒

紙短情長的雙面煎熬

你有多久，不曾寫信了呢？

不，不是指透過鍵盤敲打後生成的0與1的組合，而是讓墨管斜躺著，透過手心的溫度加熱，讓腦中的思緒在一筆一畫的刻印中流瀉而出，古老而傳統的聯繫方式。它讓你時而皺眉，時而猶豫，刪改修塗之後，懷著不安的心情，站在郵筒前聽著投遞口鐵片沙啞地呼喚，悄然遞出，冀望在那個剎那，對方正巧掀開屋外的信箱，探詢張望著屬於你們兩人之間的私密連結。

然而，這樣的情緒連接，對於武島直貴而言卻是一種無形而沉重的負擔。和自己相依為命的哥哥剛志，為了籌錢讓自己念大學，鋌而走險潛入獨居老婦家中行竊，沒想到卻意外地遭老太太發現，倉皇之際竟失手殺死對方。剛志被捕入獄後，直貴不僅得放棄上大學的夢想，轉而從鐵工廠的勞力工作做起，還必須背負著殺人犯親屬的身分在社會上努力求生。每當幸福近在眼前的時候，哥哥那封蓋著看守所櫻花戳記的信，屢屢硬生生地斷送他與幸福之間的連結可能。每個月的一封信，雖是剛志與世上僅存親人唯一的聯繫與依靠，卻也是直貴亟欲逃離，最不願見到的夢魘。面對社會的無情歧視，身為弟弟的直貴，真能狠下心來斬斷血親的聯繫，好拋下一切追求屬於自己的幸福嗎？

如果可以，我想去沒有歧視的國度

寫於二〇〇三年出版的《信》，是東野圭吾繼《秘密》、《白夜行》和《單戀》之後，第四度入圍直木獎的作品。有別於東野圭吾擅長的推理／犯罪類型，《信》一開始便揭露了犯罪的事實與真相，卻也藉此讓讀者身陷進退維谷的兩難情緒——如果所有人的出發點都是良善的，那麼，這樣的惡果，究竟該由誰來承擔？

對直貴而言，哥哥之所以鋃鐺入獄，為的是幫他籌措大學學費，殺人並非他原本的意圖；然而，嚴重違反社會法律的行為，其所帶來的責罰，卻不因哥哥剛志入獄而停止。身為犯罪者家屬，直貴得一個人獨自面對周遭的冷言冷語和社會的歧視。但這並非直貴所犯下的過錯，為何要他一肩挑起所有的漠然指責與歧視呢？東野圭吾在《信》一書中，藉由教育心裡學大師Lawrence Kohlberg（一九二七—一七八）擅長的「道德兩難情境」，深刻地透過兄弟雙方對於信件往覆的書寫態度轉變，企圖引導讀者一同思索：法律的制裁在解決問題的同時，是不是亦在社會人倫的層面上，帶來另一個難解的困境？還是說，如同東野圭吾在書中所暗示的，刑罰所帶來的社會歧視，正是另一種遏止罪愆的懲罰顯徵？

即便含著淚，也要帶著笑容追尋幸福

雖然東野圭吾在第一二九屆直木獎四度鎩羽而歸，但由

東野圭吾

作者簡介詳見P.47

東野圭吾作品中譯本一覽表（台灣）2

《單戀》獨步文化
《超・殺人事件》獨步文化
《湖邊凶殺案》獨步文化
《綁架遊戲》獨步文化
《信》獨步文化
《殺人之門》獨步文化
《幻夜》獨步文化
《徬徨之刃》皇冠
《嫌疑犯X的獻身》獨步文化
《使命與心的極限》獨步文化

山田孝之、玉山鐵二和澤尻英龍華主演的同名電影《手紙》，卻破紀錄地讓文庫本於一個月內狂銷百萬冊。在電影中，編劇為了凸顯弟弟直貴的煎熬和兩難處境，將直貴透過歌唱抒發心中情感與苦悶的夢想，更動為更具對比性的志趣——搞笑藝人。而這樣的改變，也讓《手紙》在結尾處閃現出更令人動容的光芒，並給予觀眾一個比原著更為清晰的結局。當直貴尋找哥哥身影的目光，與剛志眼神對上的瞬間，即便心中有千言萬語，無論是愛、是恨，背負著殺人犯親屬身分的他，都還是得帶著微笑，為哥哥，也為自己，笑著表演下去。搭配著小田和正現場演唱的插入曲〈言葉にできない〉（難以言喻），兩人此刻的心情，似乎正如同歌詞所述：「經過了這麼許多年／還能夠這樣遇見你／真的是件美好的事情」。

帶著東野圭吾最擅長的顛覆性，《信》反轉了一般人對於寬恕與贖罪的想法。藉由深邃的人文角度，東野圭吾觸碰了人性最為幽微的情感連結，深刻探討社會大眾在不知覺間的歧視，以及需要血親背負一輩子的罪衍，是否真有其意義？原本看守所的櫻花戳記，在《手紙》中匠心獨運地被轉化成了希望的象徵。起始於落櫻繽紛的巨變與無奈，都在多年後再次盛開的花海裡，道盡了割捨不斷的濃郁親情，以及新生的希望。

面對生命的巨變與波折，或許沒辦法刪除、弭平，但是我們可以溫柔地補綴。

BOOKS

中文書名：信
日文書名：手紙
作者：東野圭吾
台灣出版社：獨步文化
出版日期：二〇〇七年八月
日本出版社：每日新聞社／文春文庫
出版日期：二〇〇三年三月／二〇〇六年十月

MOVIE

片名：手紙
導演：生野慈朗
主演：山田孝之、玉山鐵二、澤尻英龍華
上映日期：二〇〇六年十一月
發行公司：GAGA COMMUNICATIONS, INC

小葉日本台
獨家報導

號外！號外！

小葉日本台推出獨家報導：

重溫《大搜查線》熱潮？想知道《華麗的誘拐》和《戀人狙擊手》擦撞出什麼火花？證人多達107人的《理由》如何拍成電影？豐川悅司演《謹告犯人》中的卷島警官到底像不像？獨到的小葉看法就在這裡啦！

大搜查線

小葉日本台 獨家報導

文／小葉

這是小葉個人最最喜歡的作品，打從一九九七年到現在，寫過的相關文章湊一湊都可以出專書了，這次再寫，範圍只設定在電影版Part 1和Part 2 兩部，先用個最簡單的形容，《大搜1》是無懈可擊的夢幻極品，《大搜2》則是千呼萬喚，只要是灣岸署一同就超興奮，管他內容演什麼。

《大搜查線》並非什麼原著小說改編，要歸為推理類型可能也見仁見智，不過，至少在人物設定和劇情安排上還算符合「刑事探案」的基本架構，加上本片所創的紀錄與歷史地位實在太偉大了，不提太可惜，不提會對不起灣岸署。

▼《大搜查線．Movie 1》——史上最惡三日／一九九八年

《大搜查線》的電視劇在一九九七年的三月中旬播畢後，粉絲談論的熱潮非但沒有因此結束，反倒愈燒愈熱，網路上各式各樣的應援團、同人誌紛紛出籠。同年年終的首部特別篇《歲末特別警戒》，簡直就是拿拍電影的規格當電視演，氣勢驚人，收視直衝二四．五%，這還不打緊，到了隔年六月另一個番外篇，內田有紀主演的《灣岸署婦警物語》，即便缺少原班人馬的大力支援，但只要亮出《大搜查線》系列的威名，還是可以開出二四．九%的高收視率，至此，《大搜查線》無遠弗屆的後座力和影響力完全確定，而萬眾期待電影版倒數計時的暖身作——《秋的犯罪撲滅》，二五．九%的收視已不讓人驚訝，大家期待的是Movie 1如何更上層樓，刷新紀錄？

▲《大搜查線．Movie1》嚴肅中帶有搞笑是賣座原因之一

案件1 警視廳副總監被綁架，這還得了，警視廳大官全員進駐犯案所轄的灣岸署……

這樣的素材放在任何一部推理作品都算大條，過程也會搞得危機四伏，驚險萬

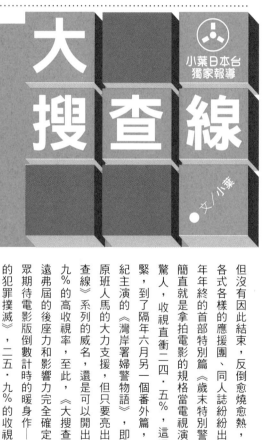

分，不過《大搜查線》卻不太玩這一套，嚴肅中的搞笑爆點才是王道。內容先直接跳過，反正最後一定會破案，倒是本片給了一個新的趨勢思維：犯罪本身未必得有什麼正經八百的動機；綁架大人物的罪犯也未必得是相對等的「大卡」惡徒；綁架警視廳副總監？嫌犯有可能是和警界高層有仇，卻不是必然，動機是「好玩」可以嗎？

案件2 從河中撈起的浮屍解剖發現，胃裡竟被人硬塞進熊寶寶布偶一枚！

多年前有一本很紅的書叫《完全自殺手冊》，現在網路這般普遍盛行，互相觀摩，教人如何自殺已不稀奇，想試但沒勇氣動手？沒關係，相互之間未必得認識，但隨時都可以幫你完成死亡實驗。「把胃剖開，塞進熊寶寶後再縫合」，這種協助殺人法或許就如同「案件1」一樣，幹嘛要什麼深仇大恨？動機是「好玩」不可以嗎？

名言 「事件不是發生在會議室，是發生在現場！」

雖然「灣岸署」的刑警總是充滿趣味，秀逗連連，但該有的辦案態度卻也毫不馬虎，那種讓人熱血沸騰的經典名句可不少，比如電影版青島刑警一針見血地說：「事件不是發生在會議室，是發生在現場！」簡潔有力，深植人心，永世流傳。

噱頭 史上最惡三日，千鈞一髮，青島刑警殉職？

這是電影宣傳用的廣告文字，像不像《終極警探》？再配上那個「青島重傷，滿身鮮血」的預告片，滿唬人的，該不會真的以殉職收場吧？嚇壞一堆粉絲，特別是當電影演到室井自己開車護送躺臥在小堇身上的青島；當青島說完「遺言」後手往地上一攤；當室井與小堇大聲喊著「Aoshima」（青島的日文發音）時，相信很多人早已是紅了眼眶，內心更如同沿路站哨的警察一樣舉手向Aoshima致最敬禮，再來，哇咧，怎會，遠處傳來陣陣的打呼聲……，好險，青島雖重傷但命大不死，那個打呼聲，那個「史上最惡三日」，謎底揭曉，原來是因為他已經三天沒睡了！

▲《大搜查線．Movie2》海報，當然少不了青島的招牌綠色大衣

▼《大搜查線．Movie 2》——封鎖彩虹橋／二〇〇三年

賣錢的電影拍續集看似不難，但以《大搜查線》而言卻非易事。原因之一是不管之前有沒有名，但只要和《大搜查

小葉日本台 獨家報導

線》沾上邊的演員幾乎全爆紅，戲約不斷，要全員集合至少在時間上得喬半天；原因之二是《大搜查線》不僅是主角，包括看門警衛、少有台詞的暴力科、傳說中的S.A.T黑衣部隊、甚至是插花的路人甲，沒有人是可以被取代的。灣岸署的信念是「事件沒有大小之分」，同樣的，灣岸署的每一分子也沒大小牌的區別，缺一不可的全員集合才是原汁原味的《大搜查線》精神。

▼五年不見的同學會，噓寒問暖，聊天打屁是一定要的啦！

如果你不是《大搜查線》迷，或許會對電影中那些有的沒的，東拉西扯，枝微末節的橋段感到不解或不耐，甚至看完說不定還會有「這就是史上最賣座的日片？」的疑惑；老實說，《大搜查線２》不比《大搜查線１》好看的評價連小葉都認同，但看《大搜查線》絕非只是單純的看劇情而已，這是一起打拼的革命情感，演員是，粉絲亦然，相隔五年才誕生的《大搜查線２》，一個也沒少，演員、觀眾有如同學會般的相見歡，那種誰怎樣了？萬年科長升了沒？三號機是女的哦？等的噓寒問暖，超過兩百個相關聯的LINK，這才是精髓所在，真的不騙你，只要是灣岸署一同就超興奮，管他內容演什麼，而那個「一七三．五億圓」的票房就是這樣掃出來的。

▲內田有紀主演的《灣岸署婦警物語》是《大搜查線》連續劇的番外篇

▼無組織的怪奇殺人、吸血鬼亂咬人＆狀似幸福的小偷家族

某建設公司的董事被人發現以SM Play的綁法死於公共場所，身旁並留有便利商店的購物袋、鋁箔包牛奶、未吃完的梨子等可能是凶嫌留下來的線索，這是大案主線；外加的兩小案：帶著大鋼牙隨機亂咬人的吸血人魔，無聊？嗜好？父母親帶著小孩逛街，就如同電視劇裡的幸福家庭，但卻是小偷家族？

▼女性管理官的強出頭，兩性平等還是做秀？

警視廳特別指派沖田管理官負責指揮本案（可憐的室井又要苦瓜臉了），為的是刻意凸顯所謂的女男平等，這位人稱三號機的女頭頭，美艷上相，氣勢凌人，不過搜查畢竟不是只在會議室紙上作業，而是在現場啦！

PS：這個安排本是要對照室井的專業，但卻把沖田演得太無知，反倒成為被觀眾批評最多的敗筆。

▼向大師名作致敬的趣味

《大搜查線1》有一幕是青島從辦公室窗外發現遠方的煙囪冒出紅色煙霧，進而找到嫌犯住處，這個點子取自黑澤明的《天國與地獄》；《大搜查線2》的地名「蒲田」KAMADA和室井來自東北腔調的發音，連結出的關鍵線索則是幽了《砂之器》一默，兩者都有向大師致敬的味道。

▼史上最惡三連休，封鎖彩虹橋！

《大搜查線1》的史上最惡三日把青島和大夥給累壞了，這回雖是三連休，但一樣是史上最惡，為了追嫌犯，不但雪乃遇難，小董中彈，還破天荒封鎖彩虹橋，噱頭超大超誇張，誰叫這個名景點是灣岸署管轄的。

▼結局：

兩部電影版的時間相隔五年，《大搜查線1》的一〇一億圓票房已經夠誇張了，到了《大搜查線2》，眾望所歸加勢如破竹，一七三．五億日圓的數字，不用說，當然更是當今史上票房的NO.1。兩部《大搜查線》的電影評價雖有差別，但基於「苦等五年，有演就該舉國歡騰的熱情」，於是《大搜查線2》硬是比《大搜查線1》多了七十億票房。此外，《大搜查線》的威力還不止這些，二〇〇五年另兩部只算系列作品的《交涉人——真下正義》和《容疑者——室井慎次》，即便沒有「Aoshima」露臉助陣，依舊輕鬆的就達到四十二億與三十八．三億圓的佳績，猛吧！

movie

大搜查線

編劇：君塚良一
導演：本廣克行
主演：織田裕二、柳葉敏郎、深津繪里、水野美紀、中山裕介、碇矢長介
製作：富士／東寶／1998年 & 2003年
票房：《THE MOVIE 1》101億圓
《THE MOVIE 2》173.5億圓
（史上真人演出日片票房冠軍）

華麗的誘拐

小葉日本台獨家報導

●文／小葉

▲日文書名：華麗なる誘拐
作者：西村京太郎
台灣出版社：新雨出版

編劇的突發奇想？

把小說原著改編成電影，縮減或加料，多少難免，不過這一部就有點誇張了。

《華麗的誘拐》是西村京太郎一九七〇年代後期的作品，小說的題材並非西村的招牌——旅情推理，內容也沒玩那些常見的火車時刻表，辦案者更非十津川與龜井二人組，而是另一位德日混血的名偵探「左文字進」。書名既然叫《華麗的誘拐》，不用說當然是和綁票有關嘍！

而《戀人狙擊手》最早是朝日電視台二〇〇一年的單元劇，編劇是《大搜查線》那位君塚良一，卡司有內村光良、水野美紀、田邊誠一、碇矢長介等，故事是中國籍殺手：王凱歌和女刑事之間亦敵亦友的種種，屬警匪片型，收視不錯，在播了兩個特別篇後，於二〇〇四年推出電影版。

《華麗的誘拐》和《戀人狙擊手》，本是八竿子打不著的兩碼事，卻因電影而出現奇妙的結合！《戀人狙擊手》的電影版為何會想到拿《華麗的誘拐》當改編題材？是個謎，官網沒說，嗯，或許是君塚突發奇想也說不定，以個人的看片心得而言，這樣解釋倒也還交代得過去就是了。

▲改編自《華麗的誘拐》的電影《戀人狙擊手》

黃金組合劇組

身為日劇迷，早在二〇〇一年就看過《戀人狙擊手》的單元篇，內容平平，槍戰和拳打場面也比不上港片的噱頭與俐落，會看只是因為劇組中的「水野美紀＋碇矢長介＋君塚良一＋松本晃彥」，這叫「《大搜查線》牌的愛屋及烏情結」，一路看下去，當然也沒錯過電影版，當初是沒發覺什麼，直到後來讀了《華麗的誘拐》這本小說才似曾相識，對照資料才恍然大悟，原來如此！

《戀人狙擊手》電視劇的最後是「王凱歌」終於被捕入獄，這樣的故事架構換成電影版，慣用的安排是：一個更大條驚人的事件危機發生，警方在束手無策下不得不再借助終極殺手王凱歌……。

這個更驚人的事件是什麼？某恐怖組織以無差別式的隨機殺害日本國民，並以此向首相官邸要求五千億圓的贖金，這種無特定對象的殺人形同是綁架一億三千萬日本人，因為沒人知道下一個受害者是誰？以上案件也正是西村京太郎《華麗的誘拐》一書的內容，氣勢滿磅礡嚇人的，拿來當《戀人狙擊手》電影版的劇情，至少在這方面的連結算不錯。

面目全非的改編

不過，既然《戀人狙擊手》有著固定的角色延續，當然小說中的主角是會被大動手腳，「左文字進」的探案不見了，他的妻子兼事務所祕書「藤原史子」消失了，另一位西村小說中常見的「矢部警部」也蒸發了，因為通通派不上用場，人家只要有「王凱歌」就可一切搞定！

這樣的改編算巨幅更動，好不好呢？個人觀點可從兩方面看：如果就電影本身而言，這本來就是電視劇的續篇，還號稱是最終章，搬上大銀幕當然規模得搞大一點，「綁架」全日本人，勒索首相，夠厲害了吧，當戲看娛樂性是滿高的，但也就一部泛泛的商業電影。

另一方面，若以小說改編來說，都移花接木成這樣了，特別是連「左文字進」也不存在，原味所剩無幾，要說這是成功的小說改編電影，至少個人還無法認同。不過我比較好奇的是，既然電影和小說中的主角幾乎是兩回事，那何不連故事也自由發揮，幹嘛非得打上「改編西村京太郎《華麗的誘拐》」不可呢？或許這就是日本人對原創著作的尊重態度吧，不是自己原創就一定老實說，不會東抄西湊變成自己的，被抓包還一副無辜樣。

對了，如果說《謹告犯人》的手法叫「劇場型搜查」，那《華麗的誘拐／戀人狙擊手》則可稱為「劇場型犯罪」，同樣都是利用電視媒體喊話（放話）來達成目的，另一個共通點，這類的題材作品看電影是比讀小說來得更具真實感。

movie

華麗的誘拐

原著：西村京太郎／德間書店
編劇：君塚良一
導演：六車俊治
出演：內村光良、水野美紀、田邊誠一、中村獅童、阿部寬
製作：朝日電視／2004年

小葉日本台
獨家報導

理由

●文／小葉

▲《理由》動用演員高達107人

宮部美幸的作品向來具品質保證，這部《理由》來頭更是不小，不單只是推理小說，更是一九九九年直木獎得獎作。改拍成電影？相信讀過原著的書迷大概會問號一堆，既好奇又難以想像？的確如此，《理由》基本上是被眾多讀者視為不可能影像化的，最簡單的「理由」：該殺人事件前前後後衍生多達一〇七人的證言，這要怎麼演？

某個暴風雨之夜，東京都荒川區內「千住北美好新城」西棟二十樓二〇二五號有人墜樓身亡，進一步了解，這是一起一家四口的滅門慘案，死者有老奶奶、狀似夫婦的中年男女，以及墜樓身亡的年輕男子，同一間屋子裡，怎麼看都像是父母、兒子加奶奶一家人，但警方深入調查後卻發現，這一屋子身亡的四個人竟然沒有任何血緣和親屬關係！

「父親」是個早從人間蒸發的有婦之夫，「母親」是離家出走的單身女性，「奶奶」是自養老院失蹤的老婦，「兒子」則是從扭曲的家庭中逃離出來。謎樣般的四個人，死於同一間屋子，而且這間公寓還是住戶流動率頗高的法拍屋，故事的發展就從震驚社會的「荒川區一家四口殺人事件」開始。

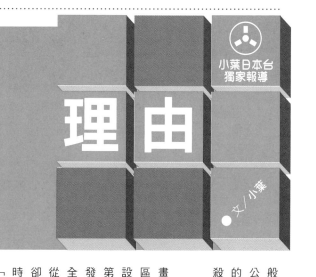

電影一開始，最先映入觀眾眼簾的畫面是約數分鐘之久，圖文並茂的「荒川區」史地介紹。從德川家康入部江戶到架設千住大橋；從大正年間的關東大地震到第二次大戰後的兩次災後重建與現代化開發；從日本第一的高樓、道路、都市計畫全面更新到泡沫經濟崩潰下的人去樓空；從被稱為是貧窮但朝氣蓬勃的街道到繁華卻疏離的人際網絡……，這不是導演在混時間，這樁一家四口命案之所以發生在「荒川區」，未必是偶然，同樣有具歷史背景的「理由」。

本片的導演是年近七十的大林宣彥，過去的代表作品有《異人們的夏天》、《超越時空的少女》等，老人家重出江湖，除了是對宮部這本小說推崇備至外，也認為這樣的題材和表達方式是對自我的全新挑戰。事實上，這部電影改編的幅度很小，在畫面的呈現上更是幾乎照著小說的結構順序走，就如目次般一個章節接著一個章節，登場人物沒變少，相關人的證言也如小說般沒偷斤減兩，那，會不會變無聊？事件背後所蘊含的深度與厚度會不會變不見？個人觀感是：並不會，不簡單，大導演的功力就在此。

一部電影動用五、六十位演員很常見，沒什麼大不了，但要每一位演員都有角色身分、有劇本台詞，而非只是當道具用的路人甲卻不容易。《理由》的難拍在於此，導演大林宣彥深知，如果大幅刪減小說的登場人物，不僅原味盡失，也會和宮部美幸想藉由眾多相關人的不同觀點拼湊真相，藉由眾多相關人各自晦暗的人生發掘更多問題核心的用意相違背，這一點導演是頗為堅持的。岸部一德、村田雄浩、久本雅美、小林聰美、加瀨亮、寶生舞、松田美由紀、古手川祐子、柄本明、多部未華子、伊藤步、石橋蓮司、柳澤慎吾、小林稔侍、片岡鶴太郎……，以上所列尚不及本片卡司的三分之一，雖然每個人的戲分不多，也可能只是友情客串，不過這群演員可都是有頭有臉，名氣不小的「卡」，而更難能可貴的，他們全都素顏亮相，以求更符合劇中平民百姓的樣貌，誠意感人。

同一件命案，不同的證人會因各自不同的視點而有未必一致的說法，這並非誰對誰錯誰說謊，反倒就是因為這些不同角度的看法才能讓觀眾看到整起事件的結構性問題。電影基本上是以訪談形式和情節發展交錯進行，證言提到哪，劇情就會接著往下演。本來還擔心會不會因人物太多，牽扯的面太廣而看得霧煞煞，還好是資深大導演說故事的功力一流，觀眾只須跟著鏡頭走，不用想太多，演到愈後面愈會有一種恍然大悟，原來如此的震撼、感慨與悲憫油然而生。

宮部美幸的《理由》不單是推理小說，故事本身的格局和時代意義，獲直木賞獎可謂實至名歸；大林宣彥改編的電影《理由》，受邀參加二〇〇四年東京國際影展、二〇〇五年柏林影展，獲權威電影雜誌《電影旬報》評定為二〇〇四年度最優秀作品第六名；高評價的小說，高水準的電影，這正是《理由》之所以為經典的理由。

movie

理由

原著：宮部美幸／朝日新聞社
導演／編劇：大林宣彥
主演：村田雄浩、加瀨亮、岸部一德、久本雅美
製作：WOWOW、PSC／2004年
註：小說獲頒1999年直木獎、電影版為2004年電影旬報年度十大作品

謹告犯人

小葉日本台
獨家報導

●文／細風

▲豐川悅司的銀幕扮相活脫就是書中主角卷島本人

《謹告犯人》這本小說有中文版，滿厚的，五百多頁，好在還算易讀，不然要一口氣看完，會很累。

《謹告犯人》，簡言之，是指警察對犯人的喊話，那為何不是「警告」而是用「謹告」？我想大概是因為嫌犯還沒抓到，敵暗我明，而且犯下的又是綁架小孩的勾當，所以在無法確切掌握特定嫌疑者之前，既要避免言語上的直接挑釁，也得顧及警方立場和社會大眾的觀感，於是用個較為中性的「謹」字，算是高招，接下來就看嫌犯願不願意和警方展開對話了。

《謹告犯人》基本上算是常見的刑事推理，這個類型大致不出「抓兇手」和「警察官僚體系矛盾」兩大骨幹，本書也不例外。作者是雫井脩介，小說曾獲第七屆大藪春彥獎、《週刊文春》二〇〇四「推理小說Best 10」第一名、《週刊現代》二〇〇四「年度最有趣的書」第一名等，顯然評價和人氣各方面都大有斬獲，改編拍成電影乃時勢所趨，一點都不讓人意外。

《謹告犯人》的故事發展和最大賣點就在於手法上採取「劇場型搜查」，這裡所謂的「劇場型」，白話一點的說就是警方透過大眾媒體進行公開辦案，向嫌犯公開喊話，而故事中的大眾媒體則是電視台頗具公信力和收視率的新聞節目。這個點子頗有創意，當然拍成電影也的確較能呈現警方、電視台那種戰戰兢兢，如臨大敵的緊張氛圍與反應。

改編的電影版是由日本衛星頻道WOWOW台所成立的「WOWOW FILMS」製作，這也是這家新公司的第一彈，編劇是大名鼎鼎的福田靖（就是寫《HERO》、《救命病棟24小時》那位），導演瀧本智行之前也曾在佐佐部清、高橋伴明、井坂聰等多位名導演底下當過副導，而國內觀眾比較熟悉的作品大概是日劇《垃圾律師》，這部日劇的主角是豐川悅司，或許就是有此合作經驗，所以《謹告犯人》這部電影的男主角，劇中那位核心人物「特別搜查官卷島史彥」，眾望所歸的就是由豐川悅司擔綱。

而其他的幾名主要演員，還包括石橋凌（曾根部長，小說的年齡與卷島同樣是四十六歲，但電影版則讓他多了十歲）、笹野高史（津田刑事，卷島信任的拍檔）、小澤征悅（植草警視，就是那名會洩漏搜查進度的無聊長官）、片岡禮子（女主播之一「杉村未央子」，植草的大學同學兼愛慕對象，美人計讓她從植草那邊得知不少案件內幕，當然也包括最後被耍那一次）、井川遙（人氣女主播早津名奈，這次警方劇場型搜查的節目主持人）、松田美由紀（卷島園子，卷島之妻）等。

《謹告犯人》故事描寫的是神奈川警方在無法有效逮捕孩童連續遭綁架案的兇手下，大膽採用所謂的「劇場型搜查」對策，而負責本案並在節目中向犯人喊話的卷島警官，則有著六年前因類似兒童綁票事件失誤的遺憾與陰影。接續展開的警匪雙方出招與接招、電視媒體的新聞攻防、輿論的緊張關係與社會人心的不安、警方內部的衝突和壓力、卷島個人及家庭的心路歷程等等，這幾條線的交互穿插，讓整個劇情高潮迭起，張力十足。

電影與小說之間，改編的幅度並不大，試舉幾個例子：

● 小說花了頗多篇幅敘述六年前的事件對卷島刑事的影響和他之後幾年的內心轉折，這部分在電影中做了相當程度的精簡，而片中豐川悅司一臉滄桑樣就能代表一切了。

● 推理小說影像化最常遇到的瓶頸就是明明在猜兇手是誰，偏偏兇手又很「大卡」，只要把演員表用削去法刪一刪就八九不離十了，好在這個故事不玩「愈是好人嫌疑愈重」的把戲，所以不管有沒先看過小說，差別不大。

● 豐川悅司早就被歸類是演技派了，不需什麼量身訂做的角色，小說形容卷島刑事「蓄著一頭及耳的卷髮，兩眼的眼尾下垂……」，銀幕的扮相就是如此。

● 讀小說可以多些自己的想像空間，電影則是把你的想像具體化。以本片來說，以劇場型搜查為訴求，其臨場感和緊迫感數個鏡頭就絕對比一堆文字的敘述強有力；比如號稱「惡魔俠」的凶嫌寄信過程的那一次失手，信是怎麼掉在高速公路上的？以一個拉長景即可表露無遺……

最後，《謹告犯人》的電影版儘管和原著相比濃縮不少，但或許是題材本身的特性，反倒顯得更加緊湊、有張力，以看電影的角度而言，算是頗具娛樂性。

movie

謹告犯人

原著：雫井脩介／双葉社
編劇：福田靖
導演：瀧本智行
主演：豐川悅司、石橋凌、片岡禮子、井川遙
製作：WOWOW FILMS／2007年10月

60
週年專題報導

日本推理作家協會60歲了

這個由江戶川亂步一手創建的推理作家
組織究竟有著何種面貌？我們請到傅博老師
細說從頭，並訪問國際部部長、知名推理作家
北村薰，還有曲辰、遊唱及多位編輯同仁
親赴活動現場採訪第一手情報，
保證讓您目不暇給，驚呼連連。

日本推理作家協會六十年小史

60 週年專題報導

● 文／傅博

▲江戶川亂步是日本推理小說泰斗

政治歸政治、文學歸文學

日本的文人、作家有很多組織。屬於全國性的文化團體，就有四百之多（同人雜誌、大學的社團等小組織和營業團體都不算在內）。

日本文藝家協會和日本筆俱樂部是職業作家的兩大集團。它們容納各種不同思想、派系的作家為會員，對外不主張任何主義、思想，其組織主旨在於：以集體的力量，維護創作自由和作家權益——著作權、版稅等。前者創立於一九二六年一月，已具八十多年歷史，對於日本作家的社會地位提升和物質生活的安定，有很大的貢獻。其成員大都是小說家和評論家。

後者即是於一九二一年成立之國際筆會的日本分會，這分會也已具七十餘年歷史了。其主旨在促進國際間文筆家之友誼與了解。凡以「筆」（pen）為職業者都可成為會員。pen是由P・E・N轉化而來的，即由詩人的Poets和劇作家的Playwrights之「P」，隨筆家的Essayists和編輯者的Editors之「E」，小說家的Novelists之「N」三字所組合之P・E・N。

在日本以筆為業的人，大多是專業化的，如寫詩的原則上不寫小說，寫小說的原則上不寫評論。又詩歌即分為詩（又稱為自由詩或現代詩）、短歌、俳句（後兩者為日本舊體詩之名稱）三種，其寫作者也大都專於其一，分別稱為詩人、歌人、俳人，而不稱為作家，而這些寫作者大都是業餘的，但是他們各為提高創作水準，和連繫相互間的友誼，各自另外組織協會——現代詩人會、現代歌人會、現代俳句協會等。

小說的形式分得更細，先分為「藝術小說」和「大眾小說」兩大部門，撰寫的作家和發表的舞臺——雜誌和報紙，都是不同的，而且兩者的作者互相少有往來。

同屬於大眾小說家，他們又分為三大系列，各自構成文壇，第一是推理、科幻小說等舶來作品系列的作家，第二是時代小說（取材於明治維新以前之小說的合稱）的作家，第三是現代小說（上述兩種以外之小說的合稱）的作家，他們也各自組織自己的團體。

這種「職能團體」之外，另有同一主義主張而成立的「任意團體」，其數不勝枚舉，屬於廣義的推理小說關係的，就有新本格推理俱樂部、日本冒險小說協會（未立案）、日本SF作家俱樂部等三個團體，分別是由本格派推理作家、冒險小說家、科幻小說家組織而成。而他們都獨自舉辦文學獎，鼓勵新人創作、表揚年度最優秀作品，甚至表彰對該文類有貢獻的人才。他們的成員大多與日本推理作家協會成員重複。

從土曜會至日本偵探作家俱樂部

日本推理作家協會是由推理作家組織，向日本政府立案的財團法人（基金會），現在會員有六百多位。在日本雖然有四百多個文化團體，具財團法人資格的卻不多。因受政府肯定，不但辦活動可減輕稅率，社會地位崇高，對於政府、社會、文化皆具有很大的影響力。

日本推理作家協會成立於一九六三年一月，迄今已具有四十餘年歷史。但是它還有十七年的前史——由最初的土曜會至財團法人日本推理作家協會成立前夕。以下話說從頭。

一九四五年八月十五日，第二次世界大戰結束，因躲避東京的戰火紛紛疏散到鄉下的推理作家陸續回京。日本推理文壇的領導者江戶川亂步，也於十一月底從福島搬回東京池袋寓所。

翌年，戰時被日本軍國主義者認定為「敵性文學」之推理小說復活，這年創刊之推理雜誌達五種（三月《Loek》、四月《寶石》與《Top》、七月《Profile》、十一月《探偵讀物》）之多，包括去年十月復刊之《新青年》，共計有六種推理雜誌在市面上與讀者見面。

回到東京的江戶川亂步，於這年六月，在日本橋的川口屋槍炮店二樓，召開在京推理作家聯誼會，他向參與作家講解「米國（美國）偵探小說近況」，之外決定每月某星期六定期集會一次，會名稱為「土曜會」，日本星期六稱為「土曜日」，簡稱「土曜」，名稱由此而來。

每次集會除了由會員講解推理小說諸問題，還會聘請與推理小說創作有關人士，如檢察官、法醫、警察幹部、心理學家等，演講其專業知識，以期對日後創作有所助益。

而於一九四七年三月集會時，決定更改會名為「偵探作家俱樂部」，會址設在中央區銀座交詢社內。在此值得一提的是，日本推理文壇領袖江戶川亂步，為了振興推理小說，親自提筆撰寫，並謄寫油印《土曜會通信》頒布（兩期）給會員，這種精神確立了往後日本推理小說發展的基礎。

更名後之偵探作家俱樂部會員有一百多名，成員除了小說家與評論家之外，還包括出版社、雜誌社編輯以及推理小說迷等，並非純粹的作家集團，而是以和睦為主旨的集團。

該會除了繼續發行《土曜會通信》第三期，並重新創刊《偵探作家俱樂部會報》（一九四七年六月），內容完全繼承《土曜會通信》。會報雖然屢次更改名稱，至今（二〇〇八）年八月，已發行七一六期。

偵探作家俱樂部成立後，選出江戶川亂步為首任會長，除了繼續發行會報之外，還策畫了兩項新事業。第一是設立「偵探作家俱樂部獎」，分為長篇獎與短篇獎，一九四八年之首屆得獎作品，分別為橫溝正史之《本陣殺人事件》與木木高太郎之〈新月〉，此兩獎之外，本屆特別頒給香山滋之《海鰻莊奇談》新人獎。第二是選編《探偵小說年鑑》，本書內容並不具年鑑條件，實際上是「年度短篇推理小說傑作選集」，第一集於一九四八年出版。之後幾次更改書名，二〇〇八年版稱為《ザ・ベストミステリーズ2008》。

一九五四年九月，因與「關西偵探作家俱樂部」合併，再度更名，在名稱上冠上「日本」兩字，稱為「日本偵探作家俱樂部」。

同年十月三十日，江戶川亂步在慶祝六十歲誕辰宴會上，發表捐款一百萬圓給日本偵探作家俱樂部作為基金，設立「江戶川亂步獎」。為避免授獎對象重複，偵探作家俱樂部獎的對象為年度最優秀作品，而江戶川亂步獎則對推理小說之研究、評論、出版具卓越成績者為對象，偏向特別獎。

一九五五年，第一屆得獎者為中島河太郎之《偵探小說辭典》。第二屆得獎者為早川書房之《早川袖珍推理小說》叢書。當時時值日本從二次大戰戰災復原，經濟即將起飛前夕，推理小說之研究、評論都未成熟，嶄新的出版企劃不易出現，如果江戶川亂步

▲2008年版推理小說年鑑

▲江戶川亂步獎首屆得獎作品——中島河太郎《偵探小說辭典》

▲六十週年慶園遊會時所發的節目手冊

獎按當初規定，選定授獎對象一定會碰壁，該會認識到此一問題，從第三屆起改為長篇推理小說徵文獎，這屆得獎作品就是仁木悅子之《黑貓知情》，本書與松本清張之《點與線》確立了社會派推理小說，可說是江戶川亂步獎的功勞。

日本推理作家協會的成立

一九五八年，角田喜久雄欲捐贈五十萬圓做日本偵探作家俱樂部獎基金時，發覺其贈與稅之高，約為一半，為了節稅，須財團法人化，其過程複雜艱難，前後共歷五年，最後還是江戶川亂步親自出馬，到文部省（教育部）說明主旨，當時江戶川健康不佳，在家療養中。

「財團法人日本推理作家協會」終於在一九六三年一月成立。選出江戶川亂步為首任理事長。同年八月，江戶川以健康不佳為由辭去理事長，由松本清張繼任。松本擔任理事長約八年之中，在澀谷區青山購買辦公室，並整理職能團體內規。

為了確保財源，一九七四年起，從上述《偵探小說年鑑》裡選出，重編《推理小說傑作選》文庫版，每年出版三集。幾年後也以同樣方法主編《日本Best推理小說選集》文庫版，與前者不同的是從會員作家之短篇

選出，同樣每年出版三冊。此外，一九九五年起陸續出版《日本推理作家協會獎得獎作全集》文庫版，一九九八年起陸續出版《江戶川亂步獎全集》文庫版。

協會在日本國內地位確立後，與海外展開交流，一九八一年派代表參與在瑞典斯德哥爾摩召開之「世界推理作家會議」。八八、八九年兩次派代表參與在蘇聯召開之「日蘇推理作家會議」。九二年參與在韓國釜山舉辦之日韓作家交流會。

而與推理小說迷的交流，於一九六六年起每年八、九月，在東京、新宿之紀伊國屋會館舉辦一次「講演與電影之會」。又土曜會時，每月一次的懇談會於七七年重辦，稱為「土曜沙龍」，最初是每月一次，現在改為兩個月一次。

一九九七年本會五十週年慶時，九月二十日於獨賣會館舉辦文士劇，所謂二十七日於讀賣會館舉辦文士劇，所謂「文士劇」是作家當演員，上演舞台劇。這次由四十二位推理作家參加演出《我們喜愛的二十面相》，「二十面相」是江戶川亂步之長篇少年推理小說之書名，同時是該書主角，怪盜的名字。

▲日本推理作家協會首屆得獎作品《本陣殺人事件》

▲《黑貓知情》與《點與線》確立了社會派推理小說

又，六十週年慶於二〇〇七年十一月十一日，以「與作家一起遊戲吧！」為主題，企圖拉近作家與讀者距離。

松本清張之後，歷屆理事長為島田一男、佐野洋、三好徹、山村正夫、中島河太郎、生島治郎、阿刀田高、北方謙三，現任理事長為大澤在昌。

傅博

文藝評論家，另有筆名島崎博、黃淮。早年赴日留學，於早稻田大學研究所專攻金融經濟。旅日二十五年以島崎博之名撰寫作家書誌、文化時評等，曾任日本推理雜誌《幻影城》總編輯。一九七九年回台定居，推介日本推理小說不遺餘力。二〇〇八年榮獲日本本格推理小說特別獎，為日本推理史上第一位台灣人獲獎，堪稱實至名歸。

北村薰訪談——
關於「日本推理作家協會」的經營

60
週年專題報導

一九九七年九月，日本推理作家協會五十週年慶時，主辦了一場作家與讀者同樂的活動「文士劇」。所謂文士劇，即是作家化身為演員，上台演戲以饗讀者。

二〇〇七年十一月初秋，日本推理作家協會為了迎接六十週年的生日，再次籌畫了一場「與作家一起遊戲吧！」園遊會。獨步為了見證這歷史性的一刻，一行人浩浩蕩蕩開拔至日本東京參加此一盛會，親炙作家們的風采。

不過，讀者朋友或許會好奇，日本推理作家協會在日本推理小說界到底扮演什麼樣的角色？推理協會所頒發的獎項到底對作家或讀者而言，有何指標性意義？在園遊會前夕，我們與玉田誠先生來到位於南青山的日本推理作家協會事務局，訪問了國際部部長，同時也是作家的北村薰。

時間：二〇〇七年十一月九日
地點：日本推理作家協會事務局
採訪者：玉田誠（以下簡稱玉田）
受訪者：北村薰（以下簡稱北村）

（首先陳總編輯開場提到：一九九七年九月日本推理作家協會舉辦的文士劇，據說非常精采……）

北村　提到文士劇，曾在五十週年的時候上演，然後……（回頭望向事務局人員）在那之前，並沒有文士劇這個東西呢。只有在五十週年的時候舉辦過一次。以慣例來說，先是有亂步獎，由得獎的作家寫下猜犯人的小說，在協會的聚會上朗讀，然後寫下解答，最後再頒獎給答對的人。這樣的活動舉辦了一段期間，不過辦了幾年之後就中止了，是在相當久以前——高木老師、鮎川老師的時候呢（註一）。所以在相當早的時期，就有這種猜犯人的活動……，不過高木老師、賞鮎川老師那個時候還沒有亂步獎……。總之，是由本格派的作家寫下猜犯人的作品。後來由獲得亂步獎的作家來寫，成了一種慣例，持續了幾年。之後可能實行上有許多困難，現在已經不辦了。

玉田　當時猜犯人的作品，是新撰寫的全新作品嗎？

北村　是新作品沒錯。像鮎川老師的《達也嗤笑》（達也が嗤う），還有高木老師的《妖婦之宿》（妖婦の宿）。那些作品，現在也還留著，我想後來的作品應該也印刷保留了下來。

得獎作品風格的轉變

玉田　關於推理作家協會獎，我想在六十年的歲月當中，得獎作品的風格應該也有所變化。比方說，有過冷硬派小說的時代，還有冒險小說獲獎的八〇年代等等。關於這部分，老師對此有什麼看法？

北村　是啊……（回顧座位後方的書架），這裡收藏著推理作家協會獎的歷代得獎作品，這麼一看，相當多彩多姿呢。以一般來看，這一區的《能面》（註二）還有《不連續》（註三）……，這些作品的本格色彩很強烈，不過也有像河野老師的《殺意》（註四）。第十七屆得獎作品）和冷硬派小說、SF等作品。

玉田　我覺得七〇年代的《日本沉沒》（註五）是一部劃時代的作品呢。感覺從那個時候起，就有各式各樣風格多元的作品加入進來。

北村　協會獎創設之前，是一段本格當道的時代，從這個角度來看，在這部作品之前（指著書架上的《日本沉沒》），是本格興盛的時代呢。從這部作品之後，就出現了許多形形色色、風格多元的作品。

日本推理作家協會扮演的角色

玉田　在日本的推理小說界，協會扮演了什麼樣的角色呢？

北村　最重要的還是作為中心的推理作家協會獎吧，它可以說是現在協會的主要工作。我想它的意義之一，在於指示「這就是懸疑小說」、「這就是日本的推理小說」，有這樣的歷史意義在裡面。同時也等於是對當前作家創作的一種鼓勵，在許多意義上來說，也是作家的一種原動力。

玉田　推理作家協會獎的得獎作品改變了懸疑小說的潮流、或是引領了新潮流——對於這樣的看法您有什麼意見？例如說，西村京太郎得獎之後，八〇年代成了旅行懸疑小說的黃金年代，或者是八〇年代後半的冷硬派小說及冒險小說的風潮，也是逢坂剛老師的《卡迪斯紅星》（カディスの赤い星）獲得了協會獎之後的事，換言之，感覺上獲得推理作家協會獎的作品與其後的風潮密切相關，關於這一點，您有什麼看法？

北村　或許可以說，協會獎是頒給已經有了一定評價的作家的獎項。依照目前的規定，協會獎不能頒給同一名作家兩次。亦即協會獎雖然是對作品的評價，同時也是對作家的評價。還有，協會獎不會頒發給處女作，所以這也是肯定得獎作家有著穩健的筆力，擁有作為推理作家的十足資質，與其說是對作品的評價，更是對作家的評價。像西村老師的《終點站殺人事件》（註六），西村老師獲獎時，早已是文壇老手了。所以協會賞獎並不是頒給還不知是好是壞、或是領先潮流這樣的作家，若要說的話，是頒給某種程度上來說已經穩定的作家的。就像是給予憑證、品質保證一般。

編輯　所以我認為，對一般讀者而言，它能夠成為最重要的判斷指標。例如我強烈地感覺到，《夜蟬》的獲獎，使得日常之謎這樣的題材，也廣泛地受到推理小說迷所認可，從這裡又孕育出下一個世代。

玉田　的確是這樣。尤其提到《夜蟬》，我記得它獲獎之後，協會獎的長篇部門變更為連作短篇以及長篇部門，這也是由於《夜蟬》得獎，使得連作短篇獲得了肯定吧。《夜蟬》開創了這樣一個趨勢，改變了協會獎後來的評選方法——關於這樣的看法，老師覺得如何？

北村　不能這樣說（笑），我不能這樣說哪。

編輯　只是，身為讀者，當時這種感覺特別深刻呢。作為一名讀者，我的確有一種「懸疑小說界確實在改變」的感覺。

玉田　從讀者的角度來看，推理作家協會獎的評選方法變更，更讓人有這種印象。所以我才會提出這樣的問題。

北村　以亂步獎來說，最早得獎的是早川書

註一　協會還是「偵探作家俱樂部」時代的事。
註二　高木彬光《能面殺人事件》，第三屆得獎作品。
註三　坂口安吾《不連續殺人事件》，第二屆得獎作品。
註四　《名為殺意的家畜》（殺意という名の家畜），第十七屆得獎作品。
註五　小松左京著，第二十七屆得獎作品。
註六　第三十四屆得獎作品。

房這個出版社，後來由中島河太郎老師獲獎（註一），慢慢地經過一段時間之後，才成為推理小說的新人獎的。協會獎也是一樣，總是摸索著每一個時期最好的是什麼。其實我現在也在思考著什麼樣的形式才是最好的。這是流動的，每一個時期都必須思索當時最好的是什麼吧。

玉田 另外，我想這些演變應該會刊載在協會史上，不過每個月出版一次的協會報是由誰編輯的呢？

事務 有一位常任的協會編輯，最新一期……是這一本。這裡寫著責任編輯的名字。

玉田 哦，是山前（山前讓）老師啊。

北村 （翻閱《協會史》最前面的項目）這是最早的影本呢。江戶川亂步老師的鋼版印刷版本。

玉田 話說剛才聽到他說話的錄音，我大吃一驚，他說起話來口若懸河呢。

北村 是啊。

日本推理作家協會會報

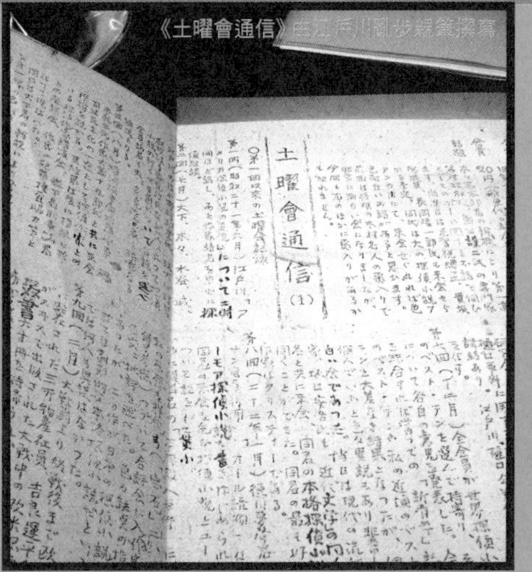

《土曜會通信》由江戶川亂步親筆撰寫

編輯 很有江戶風格呢，甚至還唱起歌來了。

玉田 對了，剛才老師說協會獎就像是品質保證一樣，老師自己得獎的時候，有什麼心境上的變化嗎？

北村 是啊……，我很喜歡懸疑小說，自己是書迷的時候，讀了《不連續》和《能面》等作品，也知道這些作品獲得了協會獎，而自己竟然也得了這個獎，感覺非常不可思議。

玉田 獲得協會獎之後，您會去意識到它，刻意改變自己的作風嗎？

北村 不會呢。

協會獎得獎作的指標作用

玉田 關於協會獎的得獎作品對讀者的吸引力——我想請您以國際部部長的觀點談一下。對於包括台灣讀者在內的海外讀者來說，獲得協會獎的作品是否有什麼特別不同的魅力？例如說，這些作品就是日本的代表作……。對於日本的讀者以及海外喜好日本推理小說的讀者來說，又有什麼不同的魅力呢？

北村 我們那個時候，是依照中島河太郎老師的《推理小說筆記》（推理小説ノート）等書，挑選代表名著來讀，不過海外的讀者在閱讀日本作品的時候，如果能夠把推理作家協會獎的得獎作品當做一個參考名單，循序閱讀代表性的作品，應該是一件非常有意義的事。再從那裡將枝葉伸展出去——像是「這篇作品很有趣，這個作家還寫了什麼其他樣的作品呢？」或是「這本書出版時，又有什麼風格與它類似的作品呢？」可以像這樣延伸閱讀。推理小說迷有一種認真向學的性格，所以我認為協會獎得獎作品能夠像常見的BEST 10或BEST 50，發揮十足的指南功能。

玉田 我認為這一點相當重要。之所以這麼說，是因為實際上在台灣，日本的作品逐漸被翻譯、引介，也是這幾年的現象，而且是無視於時序地出版。例如說，老師的新刊和土屋老師的作品，還有甲賀三郎老師的作品被擺在同一個架上陳列——有這樣的現象。讀者是在對時序毫無概念的狀態下接觸作品的，考慮到這一點，我認為推理作家協會獎的作品能夠發揮指標功能的意見，非常寶貴。

北村 我想編輯可能也不太知道甲賀三郎……

玉田 這是世代的問題吧。以前創元推理文庫曾經有一段時期，大量出版了小栗虫太郎等作家的作品對吧？（註二）

北村 那是我主編的。

玉田 這樣啊。當時我讀了那些創元推理的文庫本，深深沉迷於過去的作品當中呢。

北村　就是要讓讀者著迷啊（笑）。在台灣，現在出版了甲賀老師等人的作品嗎……？

玉田　現在出版……，是啊。

編輯　被當成新作品來讀的意思對吧？

玉田　是的。關於這一點，也多虧了島崎博老師的大力奔走。

北村　有哪些作品被翻譯呢？

玉田　小栗也是最近才出版的呢。《腦髓地獄》也是……去年出版的。大致上是這樣。

北村　小栗的《黑死館》呢？

玉田　《黑死館》也是最近吧？

張　是去年。

玉田　就像這樣，是這幾年的現象。

北村　像那本《黑死館》，翻譯起來相當辛苦吧。

張　很吃力，不管是對譯者還是讀者來說都是。

玉田　另外，其實《獻給虛無的供物》也是預定今年要出版的，但目前陷入停頓的狀態（註三）。

北村　我個人覺得《黑死館》非常有趣，但經翻譯後會變得如何呢？它的評價怎麼樣？

張　我是讀完了……

玉田　日文版嗎？

張　日文版和中文版都讀了。但是以讀者的身分來說，個人覺得並不是那麼有意思。

玉田　我認為現在台灣出現了一口氣迎接多樣化的現象。海外的作品和日本的作品被放在同一個擂台上競爭。另一方面，真正喜歡日本作品的讀者也非常多……。獨步文化也是以介紹日本的作品為中心，我身為日本人，也希望能在台灣大力推廣日本的推理作品。回到問題上頭，這也是想請您就國際部部長的觀點談一下，上個月的《IN・POCKET》（註四）製作了推理作家協會六十週年紀念的特輯，記得山前老師寫了一篇有關協會歷史的文章，當中提到偵探作家俱樂部今後的課題是國際交流這個部分。像以前韓國的推理作家協會與俄羅斯的作家協會有所交流，但交流的狀況並不是那麼緊密。此外，台灣今年成立了台灣推理作家協會。比方說，有沒有加強日本的推理作家協會與台灣等海外推理作家協會之間的交流的構想呢？關於這部分，想請教老師的意見。

北村　從狀況來看，也是有與台灣加強交流的構思，不過具體來說要怎麼做，是今後要研究的問題呢……。首先我想先從了解各協會的活動內容開始，然後再慢慢思考該怎麼做。

玉田　現在與美國或其他歐洲各國，是否有出版社以外的作家之間的交流活動呢？

北村　應該是沒有。如同各位所知道的，桐野小姐曾經成為美國的得獎候選人（註五），作品也在海外被翻譯閱讀，但是並沒有像過去江戶川亂步老師寫信給艾勒里・昆恩那樣，日本推理作家協會與那邊的MWA（註六）具體上並沒有任何交流，目前的現況是這樣的。

玉田　至於日本與台灣，感覺真的是這幾年作家及編輯之間的交流特別興盛呢。

北村　我想島崎先生的存在是一個極大的助益呢。我也經常聽到像有栖川老師或權田老師訪台之後，去了台灣的書店，大吃一驚之類的事。

玉田　當時我恰好也在場（註七），看到島崎老師及權田老師睽違幾十年再會，聊了許

註一　江戶川亂步獎第一屆頒給中島河太郎的《偵探小說辭典》，第二屆則頒給出版「袖珍推理小說」（Pocket Mystery）書系的早川書房。

註二　指《日本偵探小說全集》。

註三　《獻給虛無的供物》已於二〇〇七年十二月出版。

註四　講談社出版的文庫情報誌。

註五　指《OUT主婦殺人事件》獲美國愛倫坡獎提名。

註六　Mystery Writers of America，美國推理作家協會。

註七　今年三月底舉辦的台灣推理俱樂部的年會。

多，令我印象非常深刻。

北村 要是沒有島崎先生，日本的推理界不曉得要落後幾年呢。

玉田 島崎老師目前在介紹日本的作品之餘，因為台灣的推理作家這幾年也開始發表作品，他同時也在鼓勵這些作家。

盛大的六十週年紀念活動

（話題轉移到這次的日本推理作家協會六十週年紀念活動）

玉田 對推理迷來說，這次的活動熱鬧非凡呢。

編輯 門票一下子就賣光了。

玉田 這種機會真的非常難得。

北村 是啊，十年才有一次吧。

玉田 若只論本格推理，狂熱的推理迷應該不少，所以我想大學的推理研究社等社團應該也會舉辦各式各樣的活動，不過這次包括大澤老師在內，真的有許許多多的作家參加，是一場非常少有珍貴的活動。

北村 真的，包括大澤先生在內，忙碌的作家們都率先為活動做出了許多貢獻。

推理作家成為威士忌海報主角

玉田 歷代的理事長相較起來，每一代都有各自的風格嗎？

北村 歷代理事長啊……，我是從讀者的角度來看的，以作家身分進來的有阿刀田、北方、逢坂……，然後還有現在的大澤先生，在那之前的協會我就不太清楚了。根據我聽到的，是形形色色，像我曾經聽宮部小姐說過阿刀田先生的時候如何如何……，（問事務人員）阿刀田老師的時候，好像修建了法規等制度吧？

事務 也不是因為阿刀田先生，應該只是正好到了那種時期（協會需要整頓的時候，阿刀田老師恰好擔任理事長之意）。

北村 嗯，各有不同吧。

玉田 尤其是大澤老師就任理事長以來，感覺上在一般媒體的曝光率大為增加。特別是像那邊貼的單一麥芽威士忌與推理小說展示會（註一）的海報，不只是針對推理小說迷，在報紙等媒體上也經常看到。

北村 做是都在做（苦笑），只是現在比較引人注目吧。

編輯 單一麥芽威士忌的活動在逢坂老師的時代也曾經舉辦過呢。

事務 這次因為是六十週年紀念，頭一次在電車上打廣告，還有書店海報，從這一點看來，曝光率的確是很高。

北村 每個人擔任職位的時候，各有不同的因緣際會吧。每一位雖然都很忙，卻都是全力以赴。像大澤先生，他對於協會獎有獨到的見解，也思考了許多，像是全新而具畫時代意義的評選方法等等。

協會獎評選基準

玉田 說到連作短篇以及長篇獎等推理作家協會獎，光是評選方法就有許多變革，老師認為在評選這些品質保證的獎項的過程中，評選基準是否有所改變？

北村 評選基準是由個人決定的，沒辦法加以數值化，像是有幾個人打幾分所以如何。結果還是要看評選委員——例如說評審有五人的話，如果五人當中的兩人換成別人，或許就是別的作品得獎——也是有這種事的。所以這是很難用語言來說明的……，不過回頭想想，這樣也有它的好處。推理小說從本格到驚悚、冷硬派，尤其最近擴大了它的範圍。因為範圍擴大，若是從偏於某一派的立場來看，或許也會出現「為什麼這種類別的小說會得獎？」的疑問。評選雖然是一件非常困難的事，不過即使作品的向量不同，也要以往哪個方向能夠達到最遠的範圍這樣的角度來考量。至於比較基準，因為本格與其他的類別不同，所以相當難以比較，但我認為評選是努力克服這一點，一步步走到現在的。

玉田 我記得剛才看到的推理作家協會的報紙廣告中，大澤老師有一段發言大約是「推理作家協會獎的作品是絕佳的娛樂小說」。他使用了「娛樂小說」這個詞。大澤老師不拘泥於推理小說這個範疇，而使用娛樂小說這個詞彙來形容推理小說，老師對此有什麼意見呢？

北村 這若是指單字的意義，就是娛樂小說的定義問題了呢。我想這應該因人而異，極端地來說，比起人與人之間的糾葛與衝突，有人把重點放在邏輯和詭計，認為喜悅和樂趣都在這裡，但相反地也有人認為完全無視於人性是不行的，必須把重心放在人與人之間的糾葛才行。不過即使對娛樂小說的看法不同，這兩種依然都是娛樂小說，使人愉悅、使人滿足的這一點是相同的。例如說，點心的Le Monde首選——那不是有各種類別嗎？點心的獎項我也不清楚（笑）。可是要是有點心的獎項，要頒發金牌，煎餅和饅頭是不一樣的。煎餅和泡芙不同，無法比較，但是要是有人真正嚐遍各式點心，就可以判斷出這個泡芙比這個煎餅更好。因為長年以來不斷地品嚐和比較，可以判斷得出這樣的煎餅大概是這種等級的泡芙。這部分是很難數值化的，不過如果用點心來比喻娛樂小說的話，應該是可以像這樣去比較出來的。另外，評選委員也必須擁有這樣的眼力。不過這不僅是推理小說，文學也是如此的。文學的話，不同的個人書寫小說，本來就不是模仿別人而寫，說是文學，每個人對文學的定義也完全不同，基準本身就不一樣，說極端一點，每個人都有他獨特的東西。

編輯　一個作家就是一個類別呢。

北村　不過必須在這樣的狀況中設法前進。某一年看起來或許會有些令人無法信服，不過時間自然會下判斷——像是經過十年一看，才明白「啊，為什麼村上春樹沒有獲得芥川獎」。時間有時候會下判斷，但是我認為巨大的潮流本身或許就是一個基準。

玉田　有些事是在重新回顧歷史之後，才會恍然大悟的。以剛才的例子來說，我想《日本沉沒》在當時應該也有人提出意見，質疑為何把推理作家協會獎頒發給ＳＦ作品，但是以現在類別多樣化的角度回顧當時，或許就能夠理解「哦，原來是這樣的趨勢啊」。

北村　去年，最相葉月女士所寫的星新一老師的書出版了。當中也提到星老師是個很沒有得獎運的人，卻還是獲得了日本推理作家協會獎。的確，要頒獎給書寫那一類短篇小說或掌篇小說（short-short）的作家，在長篇當道的狀況下或許是有其困難吧。但是星老師過世之後，我們經過了如此漫長的歲月回頭一看，就能夠了解那個類別完全就是星新一其人。隔了這些時間一看，也才能夠理解當時為何無法更加彰顯、表揚他。的確，在那個時候或許是很困難的，但是帶著肯定作家貢獻的意味，協會獎還是頒給了星老師。

玉田　也不是特別去考慮到未來的推理小說或娛樂小說的發展，但仔細想想，協會獎的歷史卻完全體現了冒險小說和ＳＦ小說——包括了星老師的掌篇小說等類別的多樣化呢。

北村　將協會獎作品作為一個基準，在閱讀的過程當中找到自己喜好的作品，並接著閱讀這名作家的其他作品——如果能夠像這樣把枝葉延伸出去，並找到自己喜歡的作家就好了。

玉田　為數年前開始便對日本推理小說抱持興趣的台灣推理迷提供作為基準的作品，是非常重要的一件事，以這個意義來說，我認為推理作家協會獎的作品相當具有意義。感謝老師接受我們的訪問。

（左北村薰、右玉田誠，二〇〇七・十一・九於日本推理作家協會事務局）

註一　紀念日本推理作家協會創立六十周年，協會與日本三得利在日本全國書店舉辦的活動。

推理園遊會特別報導

60 週年專題報導

「作家と遊ぼう！Mystery Colloge」

● 採訪／陳國偉、張筱森、曲辰、Clain 整理／曲辰

盛況空前的推理園遊會

日本推理作家協會創立於一九四七年，前身是江戸川亂步聯合當時的作家組成的日本偵探作家俱樂部，於二〇〇七年堂堂邁入六十週年，為了慶祝這個值得紀念的日子，推理作家協會特地展開了前所未有的讀者參與型企劃，也就是「作家と遊ぼう！Mystery Colloge」（與作家一起遊戲吧！）活動。

推理們興奮排隊入場盛況

穿著女僕裝的宮部美幸

這個企劃基本上打破了過去大家所習慣的聽演講、座談等活動性質，轉而強調讀者的參與以及與作家間的互動，因此有著各式各樣獨特的企劃單元，就像是一場作家與推理迷的園遊會。如此難得的活動，預計售出的兩千張門票（一千兩百圓）當然早在活動日一週前即全數售罄，由此似乎也可見識到日本推理迷的實力。

▲由我孫子武丸策畫、京極夏彥攝影剪接，目前活躍文壇上的各大作家輪番上陣所演出的自製影片

活動當天，獨步人員九點多到達立教大學門口，儘管天空飄著細雨，但仍看到許多推理迷按捺不住興奮的情緒排隊，等候領取這次活動的通行貼紙與紀念環保提袋。之後大夥魚貫進入開幕式會場，就在理事長大澤在昌率領豪華的作家陣容一字排開發出的歡迎聲中，熱熱鬧鬧的為本次活動揭開序幕。

活動從十點一直持續到四點，六個小時中，真的像園遊會一樣有目不暇給的活動和節目，每個單元可都讓推理迷們大呼過癮。

喜歡測驗自己實力的，可以嘗試看看推理小說檢定考試，出題者為推理評論家權田萬治，題目由易到難無所不包，最高分得主也只拿了八十八分。推理作家中最高分者是得八十分的真保裕一，據說推理作家中有一人只考了五十分，理事長大澤在昌在閉幕式中說考慮要將這作家從協會中除名。

而原本預期是會比較嚴肅的推理小說Game化會議，當身穿女僕裝的宮部美幸一現身，緊張感隨即一掃而空。宮部美幸、大澤在昌、麻野一哉、飯田和敏，和米光一成先是討論江戶川亂步經典名作《黑蜥蜴》可以如何遊戲化——例如利用蜥蜴斷尾的特質，讓人永遠夾不到蜥蜴的夾娃娃機器……。接著大澤在昌為他的《新宿鮫》遊戲化討論現身，連宮部美幸也提出提案，大家為這套書策劃出「演唱會」、「迴轉壽司」、「電動玩具」（這當然是由熱愛打電動的宮部提出的）等幾種可能，真不知要說是創意還是惡搞。

如果推理迷偏好充滿知性的活動，「亂步獎作家講座」及「昭和時代的東京」是絕對不能錯過的。前者由高野和明、東野圭吾、福井晴敏與藥丸岳對談，四個年代頗有些差距的作者一一與台下聽眾分享關於亂步獎的影響與趣事，東野圭吾能說善道的功力讓我們有點嚇一跳；後者是藤井淑禎（江戶川紀念大眾文化研究中心所長）一直以來的研究課題，她以大量的圖表帶領讀者進入那個既陌生又熟悉的日本首都，同時讓大家理解當時推理小說發展的文化氛圍。

拍賣會：東野圭吾與他的盤子

與作家的近距離接觸

不過要是推理迷想與作者進行更為「深入」的互動的話，主辦單位當然也不會讓大家失望。想要與作者近距離接觸並且一起喝茶聊天的話，綾辻行人與有栖川有栖、恩田陸與石田衣良分別有一場的「Tea Party」，等著與讀者面對面，只是每場限額三十人，得祈求自己運氣好一點；要是籤運不佳，退而求其次，也有簽名會等著你：伊坂幸太郎、恩田陸、櫻庭一樹、平山夢明、北村薰、道尾秀介與曾根圭介同列候選名單，只是每個作家的配額只有三十本，要搶手腳得快。不過對作家而言，這可能才是真正的修羅場，相較於伊坂作品近乎秒殺賣光，曾根圭介的作品到下午才清空，人氣高下立判；但如果你籤運不佳手腳又不夠快，只要是口袋麥可麥可的話，也可以試試去拍賣會上競標京極夏彥的手套或石田衣良的配件。只是當你看到東野圭吾的盤子賣到五萬圓、大澤在昌的未出版手稿賣到十萬圓的時候，或許不免心生猶豫。

還有其他活動，由於內容更為精采豐富，會在後面以較長的篇幅介紹。

整體而言，協會活動安排相當活潑，作家們好像真的在參加聯誼或園遊會，自己也玩得很開心。讓人見識到日本推理作家的活力和親和力，原來推理座談會與活動也可以是這麼有趣！閉幕式時，所有與會作家再次上台向讀者致意，他們手持拉炮，揮手告別，六十週年園遊會的活動結束了，但是作家們的身影留了下來。這是二〇〇七年日本池袋立教大學，日本推理作家協會成立六十週年的場景，獨步也在日本東京躬逢其盛。十年後的此時，日本推理文壇又會出現什麼樣的風雲人物，為未來的推理文壇帶來什麼波瀾壯闊的變化呢？

特別介紹活動一

「回憶中的推理作家們」——佐野洋、三好徹、西村京太郎對談紀實

佐野洋（一九二八—）、西村京太郎（一九三〇—）、三好徹（一九三一—）等三位加起來超過兩百歲的現役推理作家一同

回顧過往時，會有什麼有趣的話題呢？

這場對談的司儀是由目前的日本推理作家協會理事長大澤在昌（一九五六－）擔任。之所以將登場眾人的出生年一一寫出的原因是，大澤自嘲自己已經是五十好幾的中年人了，但是諸位前輩仍將他當作是個小伙子使喚。此話一出，三好順勢吐槽了大澤幾句，聽到三好恰到好處的吐槽，會場笑聲此起彼落。一場有趣的懷舊對談就此展開。

佐野洋在一九六四年以《華麗的醜聞》獲得第十八屆日本推理作家協會獎，在一九七三年到一七九年間連任了三屆日本推理作家協會理事長。三好徹則是在一九六七年以《風塵地帶》獲得第二十屆日本推理作家協會獎，一九七九—八一年擔任了第十屆日本推理作家協會理事長。至於西村京太郎，不須多作介紹，台灣讀者對其十津川省三警部之父的身分想必已知之甚詳。

由於四人裡有三人曾任過日本推理作家協會理事長，日本推理作家協會也成了這次的主要話題之一。講到協會，大澤不禁向兩位前輩吐了苦水，他在不滿三十歲的時候當上了協會理事，在某屆協會獎的籌備會議上討論到評審委員人數不足一事，有人提出可以請都筑道夫（一九二九－二〇〇三）擔任評審委員。然而一旦被選為評審，就代表這輩子和協會獎無緣了，因此大家對於是否真要找都筑一事有所遲疑，於是當時年方

亂步書庫外觀

二十八的大澤就被指名請都筑擔任評委。硬著頭皮向都筑提出邀請的大澤，才開口說了「關於協會獎……」，都筑便開心地回應：「若是要頒給我，我很樂意接受。」當下一老一少陷入尷尬無比的狀態。大澤說完這件軼事，兩位前輩立刻打起迷糊仗，逗得台下聽眾樂不可支。都筑終其一生都未獲得協會獎，但是以他對日本推理文壇的貢獻，即使沒有協會獎加持也無損他的地位。

而西村雖未擔任過理事長，不過他的收入可是傲視其他三位作家，因此三好也不斷地開西村高收入的玩笑，讓有點靦腆的西村無法招架。接著順勢講到作家們上銀座文壇吧的事情，提到不少作家其實極受銀座酒店小姐歡迎。而超級暢銷作家西村京太郎卻意外地和女性書迷有過非常特殊的互動。在他年輕時，曾有女性讀者主動寫信給他，表示願意嫁給他，還邀請他到家裡一嘗自己的手藝。聽到這裡，台上台下一同露出了驚訝的反應，台上的老作家們更是不停追問：「然後呢？然後呢？」結果西村居然真的去對方家裡，不過兩人並未就此一飯定情，事隔多年後，西村連那頓飯好不好吃都不記得了。

九十分鐘的對談中，三位老作家從對亂步、清張兩位推理文壇巨人的回憶，一路談到了和自己同期的作家們的互動。他們回顧自己過往的歷史，勾勒出鮮明的日本推理小說近代史。而台下聽眾也隨著他們輕快、幽默的語調跟著他們一同回到了有著亂步、清張，以及正史的珍貴年代。

特別介紹活動二

直擊歷史現場：江戶川亂步邸和推理文學資料館參觀團

這個活動是所謂的「推理見學」，有專人導覽，帶讀者參訪離立教大學路程不到五分鐘的江戶川亂步宅邸與附設在知名出版社光文社一樓的推理文學資料館，由於亂步宅邸與推理文學資料館能容納的人數有限，因此想參加的讀者同樣需要抽籤，共有兩場，每場十人，可謂機會渺茫。

亂步故居外的名牌

這次參觀的亂步舊宅，是他從一九三四年一直住到一九六五年過世的最後堡壘。當初因為亂步的大兒子在立教大學社會學部覓得教職，所以全家搬到這個距離立教大學相當近的住所，幾乎是緊鄰著立教大學附屬高中。整個宅邸占地約三百坪左右，主要建築物有兩，一是自住用的主屋平房，一是亂步的書庫。目前均由立教大學大眾文化研究中心所保管，內部不對外開放，但是提供了頗多文獻資料給供參觀者瀏覽。

對於推理迷或愛書迷而言，整個亂步邸的參觀重點應該是亂步那兩層樓的土藏書庫，倉庫形式四方嚴整，外牆為了防止老鼠蟻蟲侵入，刷上了濃黑的鼠漆，感覺就像一座堡壘一樣，神祕而靜謐地佇立在那裡。

亂步的藏書初估有四萬多本，以目前已經整理出來的書單看來（書庫內部以及外側書架），外文書籍有兩千到三千本，日文書籍（含翻譯）則是九千本上下，雜誌期刊則有兩千到三千本，由於主屋內部的藏書尚未整理完畢，因此可以想像未來這些數目還

通往書庫二樓的樓梯

會不斷增加。針對亂步的藏書，新保博久與山田讓有一本花費了他們十二年時間整理出的《幻影の蔵—江戸川乱歩探偵小説蔵書目録》（東京書籍出版），有興趣的讀者可以找來看看。

雖然不能進書庫，但是相關單位很體貼地佈置了一個內凹、三面都是透明壓克力板的玄關，參觀者可以緊貼在壓克力板上猛往裡面瞧，看到多少算多少。原則上書庫一樓是放外文書，二樓放日文書，所以看得到的大概都外文書的部分。不過就我看到的書種，可以發現亂步閱讀極為廣泛，詩集、隨筆、散文無所不包，還有各種學術書籍，如整套的英國文學史與許多作者全集。

其實江戶川亂步寫作處有一陣子是設在書庫二樓，但由於書庫內通風不良又太冷，所以後來又遷到主屋寫作。可是令他留名青史的「少年偵探團」系列，就是在這座書庫內寫出來的，相信當時站在一樓玄關，看著二樓樓梯間隱約透出來的亮光的人，應該都有種見證過歷史的心情吧。

在大致看過亂步宅邸後，接下來一行人走到約莫數百公尺外的推理文學資料館。這個資料館的大致情況與館藏內容，既晴都在《謎詭Vol.2》介紹過了，這次要特別報導的，是主辦單位為了迎接參觀者所設計的意外驚喜。

穿過狹小的門，就會看到館長權田萬治歡迎的笑臉，但除此之外，參觀者馬上會注意到在他身邊還站著兩個人，他們分別是穿著管家制服的評論家新保博久與穿著女僕服的宮部美幸。當然，宮部美幸穿女僕裝我們早在上午的對談就見識過了，只是當她還特別鞠躬說出「歡迎您回來」的時候，著實引起了一干推理迷的騷動（上午的場次是把宮部替換成京極，只是京極應該沒說出歡迎您回來這類話語）。

不過更大的驚喜還在後面，當大家跟著管家的腳步把推理文學資料館逛了一圈之後，館方特地準備了《江戶川亂步與十三寶石》這套短篇集上下給參加者，上冊還先由新保博久落款簽名以資紀念，正當大家覺得不枉此行可以回家時，宮部美幸忽然說出她也想幫大家簽名，讓參者不禁喜出望外。

在這一場短暫的行程中，推理迷們看到了分屬兩代暢銷推理作家的不同風采，可說是不虛此行。

推理文學資料館館長權田萬治──專訪

60 週年專題報導

談日本推理作家協會獎的特色與影響力

時間：二〇〇七年十一月九日下午 東京池袋

採訪者：獨步駐日特派員張筱森（以下簡稱張）

受訪者：日本推理文學資料館館長權田萬治（以下簡稱權田）

（以下內容為受訪者個人意見，不代表資料館及協會意見。）

張：目前日本推理作家協會獎的給獎對象分為三個部門，您對於美國推理作家將影像作品、年度新人都列入給獎對象的作法有什麼看法呢？

權田：儘管日本推理作家協會獎並沒有頒發年度新人獎，但是日本已經有許多其他的推理獎項，如江戶川亂步獎、鮎川哲也獎和橫溝正史推理小說大獎頒發新人獎鼓勵新秀創作，而日本推理作家協會獎的長篇和短篇獎項主要是頒給年度最佳小說，主旨是在肯定對推理小說有貢獻的作品。美國推理獎項中有個「巨匠獎」（Grand Master），屬於終身成就獎，後來日本出現了日本推理文學大獎，此獎項的定位就比較類似美國推理獎項中的「巨匠獎」，是針對個人頒發，肯定推崇其人對於推理文類的貢獻。至於美國跟日本在推理獎項有較大的差異，我認為是美國推理獎項中有特別針對推理當中的非小說作品（如報導文學），以及影視類如《Lost檔案》、《CSI》系列而頒發的獎項，而且美國也有很多搜查類的節目，實地探訪犯罪現場等實錄節目。但是在日本，對於尚未確認犯罪的嫌疑犯，會採取較為保護的態度，萬一上電視一定會打馬賽克，同時也對於嫌疑犯或受刑人家屬採取保護態度，加上美國的網路也比日本發達，很多訊息的傳遞和發散都相當快速，凡此種種可能都是形成美國推理獎項會將影像作品列入給獎對象的原因。

張：到目前為止，您覺得哪位作家是日本推理作家協會獎的遺珠嗎？

權田：島田莊司。他到目前為止沒有得到這個獎項，我覺得相當可惜。島田已經入圍好幾次，卻都沒有得獎。當年協會已經決議要將年度最佳作品頒給他，但是他剛好也入圍直木獎卻再次鎩羽而歸，我忝為評審委員，前往致意打招呼時，島田婉拒了日本推理作家協會獎最佳作品的獎項。但是島田莊司在推理界的地位是無庸置疑的，他對推理的貢獻也遠遠無須得此獎項來錦上添花。現在能真的配上島田莊司的獎項唯有終身成就獎，不過因為他現在才六十歲，還不到終身成就獎可得獎的年齡下限。

（註：島田莊司在二〇〇八年十月廿二日獲頒第十二屆日本推理文學大獎，將於二〇〇九年三月於東京舉辦頒獎典禮。）

張：您認為得獎作都反應了當時推理文壇的主流品味或傾向嗎？日本推理協會獎有一貫的傾向或偏好嗎？

權田：的確，得獎作都是以當年流行的話題或事件為主要題材，所以的確反應了當時推理文壇的主流品味或傾向，但是日本推理作家協會獎並沒有一貫的傾向或偏好，因為協會共有六百多位成員，其中協會獎的評審是每兩年換一次，而且評審委員擅長領域和喜好各不相同，所以推理作家協會獎其實倒是沒有一貫的偏好，事後看歷屆得獎作品也覺得相當公正地肯定了歷年來傑出的作品。

張：目前日本推理作家協會獎維持著一人只能得獎一次的規定，您對於美國推理作家協會重複給獎的作法有什麼看法呢？

權田：這問題在日本推理作家協會裡其實已經討論過許多次。美國推理作家協會重複給獎的理由是，成員包括海內外超過三千人，而且投稿作品數量多不勝數，有些甚至沒有出版，所以即使重複給獎，同一個作家重複得獎的機會並不大。但是反觀日本，創作作者較美國少，要是開放可重複給獎的話，極可能得獎的都是同一批作者。以日本本格推理小說大獎這個獎項來說，今年是第七屆，目前也還沒有重複給獎的情形。

張：不過本格推理小說大獎因為條件限定在以本格推理為評選第一要件，所以評審的標準和喜愛很容易揣摩，可是日本推理作家協會獎評選的標準和範圍，就不容易猜測。

權田：是啊。日本推理作家協會獎不重複給獎，但是有其公信力。美國反之，獎項極多，除了我們耳熟能詳的推理獎項之外，還有許多由私人單位頒發給業餘作家的獎項，儘管得獎就是肯定，但是由於獎項過多，公信力就會受到質疑。

張：這六十年來，有哪一部作品讓您印象最深刻嗎？有的話，是哪個部分讓您印象深刻呢？您最希望推薦給海外讀者閱讀的作品是哪些？有的話，原因是什麼？

權田：這問題實在相當困難。最希望海外讀者閱讀的作品其實很多，以台灣讀者來說的話，因為現在台灣有了高鐵，我會推薦台灣讀者閱讀仁木悅子的小說，或許會對小說的描述很有感覺。至於水準比較高的冷硬派小說，則推薦北方謙三《欲望街道》、香納諒一《幻之女》、船戶與一的作品較接近冒險小說，也相當不錯，天藤真《大誘拐》很精采。這些作品，台灣應該都出版了。

張：協會獎作品，目前獨步文化只出版了歌野晶午《櫻樹抽芽時，想你》。

權田：啊，這部算是比較後期的作品。

陳蕙慧：日本目前推理獎項非常多，對於推理作家協會獎是否有影響？（陳為獨步文化總編輯）

權田：目前日本推理獎項的確相當多，嚴格說起來，推理作家協會獎主要是針對作家的作品加上此作家對推理的貢獻等種種考量，所以得到這個獎有點像是推理榮耀集於一身。打比方的話，有點類似股票要是得到某些單位的肯定，可能馬上晉身績優股。推理作家協會獎有點類似這樣性質，所以榮獲協會獎也等於在推理界擁有某種穩固地位，所以與別的獎項給獎所考慮的性質有所不同。

（權田萬治館長，攝影於推理文學資料館）

とつ。

在大家引頸盼望下，「暗黑小說家」乙一翩然來台。本篇收錄乙一暢談創作歷程的座談會實況、《自由時報》專訪，還有在台一日行程。想看乙一吃小籠包、大啖芒果，看這裡就對了。

乙一。

座・談・會

進入乙一的奇想世界

日期：2008年8月9日

與談者：乙一、孫梓評（作家）、盧郁佳（書市觀察家）
曲辰（推理小說評論家）
林依俐（口譯）　全力出版社總編輯
陳蕙慧（主持）　獨步文化總編輯

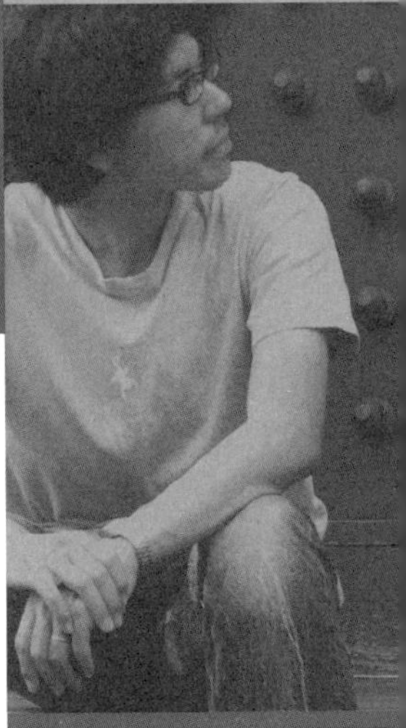

陳蕙慧：乙一這本新書的出版，是獨步雙週年慶的重要作品之一，雖然我們有其他天王天后的作品，像是宮部美幸的《糊塗蟲》、京極夏彥的《鐵鼠之檻》、北村薰的《空中飛馬》，還有橫溝大師的《八墓村》，但這本《ZOO》被我們選為雙週年慶的主打書，是有深厚的道理的。至於道理何在，等一下各位在座與談者會提出他們精闢而獨到的見解。在我們展開座談會之前，看到今天的盛況，包括我們，其實很早就到會場，我們知道很多讀者非常辛苦，今天早上七點多就開始排隊，在這樣的盛情之下，我們想在展開座談會之前，請乙一先跟各位讀者打一聲招呼、說幾句話，好嗎？

乙一：你好（中文）。我是作家，乙一。很謝謝大家為我舉辦這麼盛大的活動。《ZOO》這本小說收錄了我從十幾歲到二十五歲前後這段期間所寫的作品，包含許多面向的文章都凝聚在這本書裡面，對我自己來說也有很深刻的意義。在當時的年齡、那個瞬間想嘗試寫的東西，很突發性地就寫了下來，雖然各篇故事似乎有點缺乏整體性，如果大家能夠去發掘每一篇當中的樂趣，那真是太感謝了。以上。

熱情的讀者不畏豔陽排隊等候

陳蕙慧：請大家要多多諒解，因為乙一先生確實非常非常地害羞。我們昨天跟他吃飯的時候，雖不至於手足無措，但常常看到他不知道眼睛要往哪個人身上放，所以請大家盡情觀賞他沒有關係，這是一件賞心悅目的事情。我們剛才也聽到乙一先生說，《ZOO》這本書是他一九九八年到二〇〇三年的創作；他一九九六年出道，以短篇小說〈夏天・煙火・我的屍體〉震驚了日本文壇。這部《ZOO》因為橫跨了這麼多的年代，剛剛乙一先生說沒有整體性，可是我相信，在每一個年份他寫作時的心路歷程，肯定是不一樣的。我想代表出版社及讀者，聽聽乙一先生在

充滿叢林氛圍的會場佈置

這本《ZOO》的寫作過程有沒有給他什麼特殊的啟發，對於他未來的創作有什麼樣的轉折？是不是可以請乙一先生談一談。

乙一：……

陳蕙慧：這個問題好像很難。（全場笑）

林依俐：請給他一點時間想一想……（笑）

陳蕙蕙：好，我們給他一點時間想一下。對不起，我一開始就問了這麼難的問題，但是你們可以看到他更害羞的樣子。我們在座有三位與談人：現役的小說作者、同時也是自由時報副刊的編輯——孫梓評先生；金石堂行銷總監、本身也創作小說寫作不輟——盧郁佳小姐，她將從通路面來看新興起的乙一現象；另外是曲辰，他寫了乙一先生作品集的總導讀，對乙一也有自己的獨到見解。我想分別請三位來談談，他們心目中的乙一，他們為什麼喜歡乙一。我們請梓評先生來聊一聊好嗎？

孫梓評：各位朋友大家好，我是孫梓評。剛剛我搭計程車過來這裡，看到從會場延伸出去排了好多好多人，心裡就很興奮，覺得自己好像跟你們一樣，其實我是假座談來賓之名，行追星之實，想來看看乙一，因為我自己也是他的大書迷。說起來有點害羞，我並不是一個很專業的推理小說讀者，因為工作的關係，還有自己閱讀習慣的關係，所以會讀蠻多各類型的作品。我記得大概是去年接近農曆新年時，我收到了兩本乙一的書——獨步文化出的《夏天．煙火．我的屍體》和《天帝妖狐》，這是我認識乙一的開始。在這之前，曾經有其他的出版社出過一些他的作品，但剛好沒有機會引薦，所以我其實是蠻晚才認識乙一的。我就帶著他這兩本書回家過年了。同時我帶回家過年的還有帕慕克的《黑色之書》，就把這幾本書放進我的行囊裡。過年都很無聊，電視節目又不好看，跟家人講講話多之後就開始看書。一看之後，就跟你們看他的作品一樣，其實是一種不需要太多分析、也不需要太多解釋的一種「就是好看」的感覺，然後就淪陷在乙一的小說裡面。我覺得我整個二〇〇七年單一作家閱讀最多的作品，可能就是乙一。因為接下來獨步文化陸續出了好多本他的短篇與長篇小說，像《平面犬。》、《暗黑童話》，其他出版社也出了一本我非常喜歡的《小生物語》——他的日記。稱之為日記嗎……？我覺得這本是他非常神奇的一項創作產品。然後我就好像定期獲得一些新的禮物一樣，可以讀到乙一新的東西，所以二〇〇七年對我來說是很幸福的一年，因為認識了乙一這位創作者。以同為創作者的身分來談，其實我跟乙一的年紀差不多，還大他兩歲，我開始發表作品的時期也跟他差不多，但是成果差太多了，因為他是一個超會說故事、會在故事裡安排各種不同面向的小說創作者。這對我來說是很驚奇的一件事情，因為現場有這麼多喜歡他作品的人，或許你們也讀本地創作者的小說，但你們可能也會感受到一件事情，那就是——「說故事」這件事的差異。我不知道是不是跟我處於相同狀態中的小說創作者有一點點放棄了「說故事」這件事，但是在乙一的作品裡面，我從來沒有看見他放棄「說故事」。他說了很多很有趣的故事，一直到今年，居然有機會可以看見他，遇見他新的這本小說。不知道你們是

乙一。

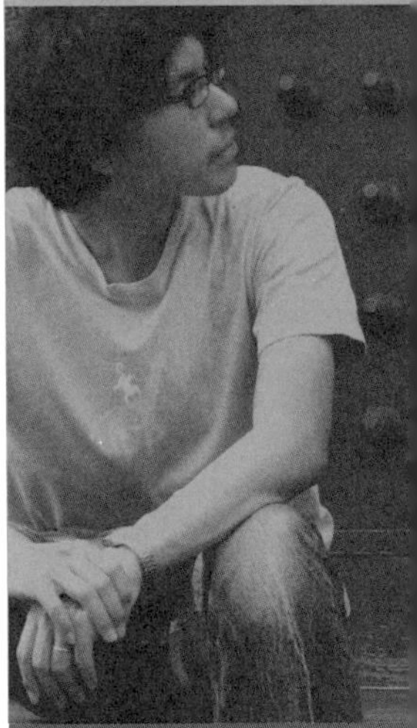

座談會場湧入爆滿書迷

陳蕙慧：不是也已經讀過了，一樣是很多很好看的故事。為了這次會面，過去兩週是我的「乙一週」，我把他所有的書、包括沒看過的，通通收集起來放在我的書桌上，每天下班之後就讀，讀見了更多去年讀他的作品之外所沒有看見的他，我發現他實在是一個很有趣的人。對我來說，最特別的地方就是——一個創作者如何能在他的小說裡呈現出不止一種面向。我不知道你們最喜歡他的面向是哪一種，但對我來說，我覺得絕對不會只有黑白兩種。我讀見的乙一其實應該是一個更多色譜的乙一，這也是構成乙一的創作豐富之處。

謝謝梓評。他講到一個重點，我們常把乙一創作的特質分為「黑乙一」跟「白乙一」，「黑乙一」讓我們感受到人性的黑暗與殘酷；「白乙一」卻又讓我們覺得溫柔到無以復加以至於心痛的地步。關於這一點，我想曲辰會有更多的演繹，我們聽聽他的說法。

曲辰：謝謝各位。首先我想針對「黑乙一」、「白乙一」這個說法談一下。當初我之所以會看乙一的小說，是因為一個朋友介紹。那位朋友其實也沒有講太多，他只是以一個日本推理迷在網路上的發言跟我講。這位推理迷是四十歲左右的人，那時候乙一先生才剛過二十，大概二十二、二十三，當時我的朋友說出一段可能是很驚人的宣傳詞，他說：「這個作者才二十三歲，我已經四十了。等到四十年之後我過世了，想到他還會寫出那麼多好看的小說而我卻看不到，真是讓人太不甘心了。」我覺得這真是一個非常驚人的宣傳詞，因為你會理解到，你所見識到的是一個多麼驚人的作者。我在這本書的總導讀用「傳奇」兩個字來形容他，後來在閒暇無聊看部落格的時候，常會看到一些人質疑說到底他有什麼資格被稱為傳奇，但我覺得他能夠被稱之為「傳奇」並不是在於他的小說寫得多好、或他的故事有多麼奇特的想法，而是他看待這個世界的眼光，幾乎就等於我們每個人當初都曾經那樣子看待世界；每個人在青少年的時候，都曾經覺得自己不屬於這個世界、自己曾經被這個世界所排拒，我們如何在這種我們與世界的隔閡之中找到自己安身立命的地方，不管你是用一種冷型的眼光在看待，或者是希望總有一天會有個地方是你能夠去的。我想，他其實都在小說之中表現得非常好。

所以對我來說，我不大想把他的作品分成「黑乙一」或「白乙一」，是因為我最喜歡的部分往往都是那種黑白不分的地方。像在《ZOO》裡面，我其實最喜歡的是〈把血液找出來！〉跟〈在墜落的飛機中〉。我不知道大家有沒有一種感覺，看完〈在墜落的飛機中〉會很好奇那個女生到底遭遇過什麼樣的青少年對待……。我覺得乙一最厲害的地方是，他永遠不把他筆下最殘酷的部分寫出來，可是他讓你看到那個殘酷部分的之前與之後，從中你才可以真正去理解到，到底那個殘酷的部分是什麼。說不出來的反而是最恐怖的，我覺得在這部分，人的想像力會代替作者完成一切的作品。這是我覺得乙一最迷人的地方。談到另一個乙一迷人的地方，我的正職是文學科的研究生，在閱讀推理小說的時候，常會面對喜歡純文學的人的一個質疑——到底小說寫成這樣有什麼好看的？你可以引經據典跟他說某某類型分類是有怎麼樣的發展過程，但是只有在乙一的部分，我才可以很大膽地說：你看人家作者，他還保有目前新一代小說家幾乎已經喪失的「寫故事的技藝」，我覺得這是我最能夠大聲說的。而且，我還有很多文學界的朋友是在看了乙一的小說之後，突然間很積極地發現到，這個作者寫的小說真是太好看了。可是每次我跟他們講這個作者最近開始拍電影不寫小說了，每個人都會露出非常惋惜的表情，好像這個世界月亮開始不見了。所以在這邊也順便呼籲一下，請乙一先生不要放棄寫小說……（笑）。以上是我的感想。

陳蕙慧：這個呼籲非常重要，請林小姐翻譯時要講三遍。接下來我們請郁佳來聊一聊。

盧郁佳：各位朋友大家好。之前在先期聯絡過程中跟出版社通E-Mail，我就尊稱乙一為「一哥」，希望他早日成為獨步跟集英社的一哥，但等他人來以後才發現，他其實是「省話一哥」。大家很喜歡說「黑乙一」跟「白乙一」，現在大家千辛萬苦終於跟他見到一面，請問大家覺得乙一本人是「夜神月」還是「L」？（全場笑）好像比較像L喔？我發現乙一的人跟他的作品當中都有衝突的特質，一方面我們看到殘酷跟暴力，一方面他又襯出一個極端脆弱與天真的特質。所以，如果以通路的角度來看這個特殊的「乙一現象」，我想先跟大家來分析、分享一下數年前的看盤心得。過去我常會把電影當成是大眾小說市場的前期測試，到本世紀初期我們發現，在一波不景氣消長之中，只有什麼東西一枝獨秀？除了A片以外就是鬼片。然後我發現一件事：嘩！驚悚無國界！那時候《三更》異軍突起，讓藝術片導演在商業片市場找到一片天地。我們看到很多人生平第一部看的泰國片是《幽魂娜娜》。我們看到了驚悚這件事情，過去大眾文化市場是非常具有在地性，有很多當地的文化特性是沒有辦法翻譯、沒有辦法滲透的。中國大陸的網路小說，無法跨過台灣海峽，韓國的網路小說一樣乏人問津；台灣的網路小說除了痞子蔡全軍覆沒，為什麼他們都外銷不出去？接下來就看到當大家在說「世界是平的」的時候，我們可以說通俗市場絕對不是平的，但有一架推土機在蠢蠢欲動，那就是——驚悚無國界。所以接下來這幾年，我非常看好這支股，有很多很多的印證出現了：《鬼吹燈》成了中國大陸第一部在台灣大賣的大眾網路小說；接下來看到像是九把刀，他最為人所稱道的就是，他是寫作驚悚恐怖的第一刀；我們看到《退魔錄》，甚至《七夜怪談》在美國掀起一股鬼片熱潮；直到現在，大家看到可以上華納威秀院線的亞洲電影，只有鬼片；若是沒有裴勇俊、宋慧喬，只有鬼片才可以上。在這種情況下，除了當中的必然與偶然，也就是說，必然會有一個乘著驚悚恐怖這個類型的橋樑長驅

乙一。

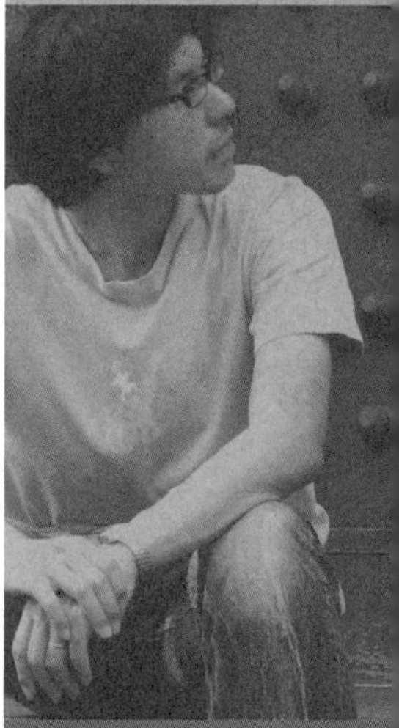

與談者：（左起）曲辰、盧郁佳、乙一、林依俐

直入，但它是什麼樣的面貌呢？是個偶然。每隔幾年都會有一個揉合各種類型特性的大家，讓所有人跌破眼鏡——例如J.K.羅琳，她把過去屬於青少年童書的魔法、奇幻特質，揉合了謀殺推理，結果本來屬於歌德派、在深宅大院裡面的殺人事件，突然換到一個霍格華茲魔法學校裡面的勾心鬥角，讓人耳目一新，融合了許多種文類的特質。然後我們今天看到了這個特殊的現象，乙一也具有同樣的開創性。大家原本是以輕小說作家看待他，但不用我多說，大家都已經知道，其實他完全不拘於輕小說的窠臼。它像推理謀殺嗎？當多數的人都在汲汲於過去舊有大師詭計的重新回收再使用，想著要怎麼翻修、這個款式要怎麼加進駭客的世界或是另一個星球，當他們拼命地在翻炒一些經典菜式的時候，乙一在他的作品裡面，展現出相當深湛的、古典希區考克式的電影修養。他極端不同的是，在故事剛展開的時候，你看到的是一個漫畫式、輕小說式的設定，但在接下來可以看到一個結構嚴縝技巧的展現。像台灣一些頗有成就的流行音樂人，其實古典素養都非常深厚，不管是不是古典時代浪漫主義的音樂，編曲者執行的技巧都非常地熟練，好比創作者的古典鋼琴都彈得非常好，也就是說他們的基本功是非常扎實的，這跟我們網路素人即興創作的背景相當不一樣。針對這一點，也想請教乙一先生，在他心目中影響他至深的經典電影、小說、或是動漫是哪些？我相信這也是現場各位所關切的問題。

乙一：受到影響的作品啊……嗯……。嗯……

林依俐：動畫、漫畫、小說或是電影都可以。

乙一：我非常喜歡電影《Batman Returns（蝙蝠俠大顯神威）》，重複看了好多次。

林依俐：為什麼？

乙一：因為裡面的登場人物都好可憐好可憐……，真的太悽慘了。

林依俐：你喜歡看別人很悽慘的處境？

乙一：……有部分劇情很像自己當時的狀況……

林依俐：那大概是什麼時候的事？

乙一：大約在我高中升大學的時候。

林依俐：你當時很悽慘嗎？

乙一：非常非常悽慘。

林依俐：能再說得詳細一點嗎？還是不想回想？

乙一：嗯……，當時有一門課程是「工廠實習」，必須待在工廠實習兩個星期。因為沒有說話的對象，中午休息的時候，我就跑去附近的河邊，抱著膝一直坐著，望著眼前的河水流逝……

林依俐：的確很悽慘呢。

乙一：當時我發現，自己其實沒辦法在社會上工作，也就是在那個時候下定了決心，要以小說家為職業活下去。

林依俐：原來是這樣。

乙一：是啊。

盧郁佳：我想問一個大家都想問的問題。話說，一哥的岳父是《攻殼機動隊》天王名導押井守，乙一：在此想問乙一先生，您曾經跟押井守導演說過：「請把令千金交給我。」這句台詞嗎？其實沒有很明確地說出口，我們就結婚了……

林依俐：（對聽眾補充）是跟他女兒結婚喔，不是跟押井守導演。

（全場笑）

乙一：雖然沒有很明確地跟岳父說過「請把女兒交給我。」後來曾經問過他這樣不要緊嗎？岳父說，反正他自己當年也是什麼都沒說就直接結婚了，所以沒關係吧。

曲辰：雖然乙一的FAN跟ACG的FAN重疊率好像滿高的，我還是補充一下。押井守先生是《攻殼機動隊》的導演，在動畫迷中有著非常高的評價與支持度。乙一老師結婚的時候，大家一律都很好奇他們兩人的小孩到底會走哪一條路。

陳蕙慧：終於在林小姐的鼓動之下，省話一哥開始說話了。接下來，梓評曾提過，他認為乙一的創作擁有他獨特的美學。關於這一點，梓評有沒有想跟乙一做進一步的交流？

孫梓評：我要問一個比較技術性的問題。常有很多人說，一篇好的小說，結局其實佔了一半。乙一的小說就跟很多完美的小說一樣，常會在結局的時候給讀者很大的驚喜，包括他的處女作，還有《ZOO》也是。剛才曲辰先生提到他喜歡的篇章，我也有我自己喜歡的篇章。我喜歡的是〈向陽之詩〉，我覺得這篇非常憂傷又優美，它一樣在結局的時候完全顛覆了之前所看到的。為避免有些人還沒讀過，我就先不講細部的內容。我很好奇的是，作者其實是非常用心地在設計他的小說，給出不止一次的高潮。我想請問乙一先生對這部分，是不是有什麼可以提供給同為創作者的我們的一些小祕訣？

陳蕙慧：又是一個困難的問題。

乙一：我想作家其實有很多類型，我本身是一開始就先想好從頭到尾的構成之後才開始下筆的。大約在稿紙第幾張的時候會發生什麼事、第幾張的時候劇情會有什麼轉折，如果不把這些都預先想好，我是沒辦法開始動筆的。不過我的作家朋友裡面，一些我很尊敬的作家，多半都是在沒有預設前方發展的狀況下便開始動筆。所以大家聚在一起的時候，只有我顯得特別孤單。

林依俐：你是指西尾先生等人？

乙一：嗯，像是西尾維新、佐藤友哉、瀧本龍彥……

林依俐：就是之前《浮文誌》「文藝合宿」時的人馬？

乙一：是的。

林依俐：這麼說當時一定覺得很寂寞吧。

乙一：是啊。

陳蕙慧：謝謝乙一。由於難得見到老師一面，曲辰一口氣列了十個問題。有感於你的認真與熱情，我們可以讓你問兩個問題。

曲辰：我要先講一件事，十個問題其實是編輯規定的，不然我應該可以列更多。我順著剛剛兩個脈絡講下來好了。一個是梓評問在創作上的一些technique。我比較好奇的是，在讀一些小說的時候，我們通常會先意識到它是一本什麼類型的小說，譬如看科幻小說就有看科幻小說的心情。但在看乙一的小說時，有個問題是，你常常是先意識到這是乙一的小說，然後看完之後才很努力地思考，它大概是屬於哪一種類型的小說。我想問的第一個問題就是，乙一老師在寫作的時候，是否會先設定自己要寫出某種類型的小說呢？或者，您只是寫著寫著順其自然就變成這樣了？您是受到什麼

乙一。

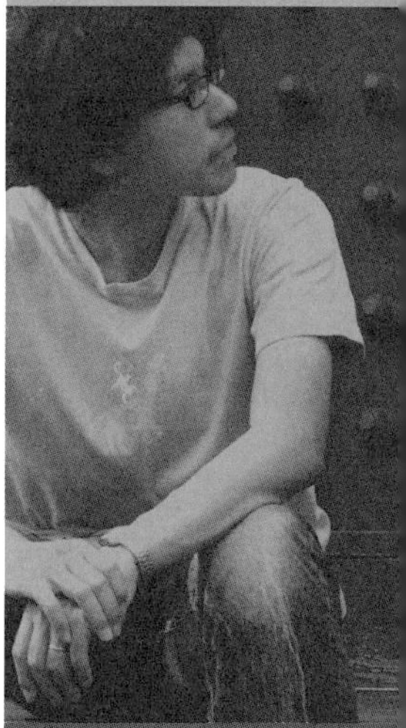

觸發，才會採取這種方式寫作？

乙一：或許在我腦中某處是下意識在意著「類型」這件事吧，但從以前到現在，我在寫作的時候通常不會刻意意識到是在寫哪一種類型的。我當初寫第一部作品〈夏天．煙火．我的屍體〉的時候，也沒特別覺得要寫哪種類型就寫完了。拿給編輯看，編輯說：「喔，恐怖小說啊。」我才覺得：「喔，原來我是恐怖作家啊。」不過我想我自己在寫作的時候應該腦中某個地方還是意識著這件事吧，譬如我會思考在作品中如何使用詭計讓讀者驚喜，其實還是在意的。

林依俐：原來如此，就讓作品順其自然發展成為某種類型嗎？

乙一：嗯，就像是走過的痕跡所形成的道路的感覺吧。

曲辰：我要先離題一下，雖然時間不夠。台上之所以會有三個對談人，最主要就是因為，乙一一直被傳言說是非常少話、非常害羞的人。但今天我必須承認我還滿訝異的，他的話多了好多倍，跟他之前第一次來台灣的時候簡直是天壤之別。不知道是我們誠意感動天，還是因為他本人有所轉變。我想要問的第二個問題是剛提到電影的部分。前幾天我去看了蝙蝠俠的《黑暗騎士》，裡面不斷在講一個概念——「惡是什麼？」。我看完電影之後不斷地意識到，在乙一老師的作品裡，其實每一篇在某種程度上，都在傳遞他心目中的「惡」到底是什麼。我們可以看到在《暗黑童話》三木那種「無機質的惡」，到了《GOTH》變成一種更為純然的、好奇的、惡意的東西。我本來一直以為乙一老師對「惡」的探索就到此為止了，但現在再回頭來看《ZOO》，你會發現裡面的某些人都懷著某種程度的惡意，而我覺得最驚人的地方在於，老師不把「惡意」這個東西的形狀寫出來給我們看，他讓我們想像，他讓我們意識到有這個東西的存在，之後我們會不斷地喚醒我們自己所經歷過的一切「惡」。我想請問老師，老師認為「惡」這個東西到底是一種什麼樣的存在？您對於這個東西又有什麼樣的想法，以至於讓您寫出那麼多篇在討論這個東西的小說？

與談者：（左起）曲辰、盧郁佳、乙一、林依俐

乙一：對於「惡」的樣貌，我其實還沒整理得很清楚，我覺得自己還沒寫得很好。在我的小說裡面出現的殺人兇手等等，與其說是「惡」的世界，比較像是把它們設定為動物或怪物之類、與一般人類無法相互理解溝通的某種東西，我是這樣才描寫得出來的。我想這也是我對自己今後設定的目標，希望自己能夠將這些所謂「惡」的存在化為實體，更具體地描繪出來。

林依俐：這麼說，您到目前為止所寫的作品，比較像是為了抓住「惡」的實體而寫下的東西嘍？

乙一：嗯，或許有點像是一直繞著「惡」的外圍在探索打量吧。

陳蕙慧：聽了老師這番話，我自己得到了許多疑惑的解答。我們整理一下，乙一老師想要描述的「惡」不全然是屬於人性的「惡」，反而他是在描寫動物性的、怪物的「惡」，來跟人性做一個對照。可是至今為止，他所有的嘗試、所要描述的「惡」的真正實體面貌，他其實都還在周邊探索。乙一老師接下來的努力，可能是要把他真正掌握到的那些東西，繼續描寫出來。所以他不但解答了我們的疑惑，也使得我們接下來的問題無法問下去。因為本來梓評也想提類似的問題，就是關於老師作品中有許多怪物的描述；我本來也想代表出版社催促、希望老師能繼續在創作的路上與我們同行，但老師今天其實已經非常簡短扼要地把我們想問的問題以及未來可能的創作路線都稍微描述了。不知道郁佳或梓評還有什麼想跟老師說的話，或是對他寫作之路的祝福？

盧郁佳：今天解答了我的一個疑惑。FBI的心理學家把連續殺人兇手分成兩種：一種是無組織無條理、臨時起意亂搞一番、最難破案的；另一種是有條理的、會不斷前往作案地點探路多次、研究受害者作息時間與路線的。原來，乙一是個有條理的兇手。在見到他的成果斐然之後，我也想請問，是哪些因素會讓他改變下筆時原先擬定的計畫？是否能跟我們談一下有沒有這樣的案例？

乙一：我在講談社出了一本《槍與巧克力》（獨步即將出版），故事的設定裡有一名霸凌別人的小孩子也兼任偵探的配角。本來的計畫是想讓他在中途就退場的，但寫著寫著覺得這個小孩子很有魅力，便推翻了當初的規劃，讓這個角色一直留到最後。本來應該是輪到主角上場活躍的場面，卻被這個小孩子搶了鋒頭，主角相形黯淡了。當時寫那段的時候其實相當辛苦。

陳蕙慧：好，等一下可以預告一下關於這本書的事情，但我必須問最後一個問題了。我們剛才聊了很多對於《ZOO》當中最喜歡的篇章，我個人是非常喜歡〈向陽之詩〉跟〈從前，在太陽西沉的公園裡〉，這篇短篇這麼地短，卻這麼地有力量，實在是太了不起了。想請問乙一本人在《ZOO》當中，哪一篇是您認為想要進入乙一的神奇世界裡，您最推薦的一篇文章？

乙一：我自己最喜歡的是〈SEVEN ROOMS〉。

陳蕙慧：非常謝謝大家。很遺憾我們座談會時間這麼短，因為乙一老師接下來還有幾場媒體專訪，大家如果想要更深入地進入乙一的白、黑、模糊、殘酷或心痛的世界，都歡迎大家留意我們部落格的訊息。謝謝乙一老師。非常感謝郁佳、曲辰、梓評、依俐，謝謝你們。感謝各位讀者，在這麼炎熱的天氣當中前來與我們同樂。謝謝！

與談者合照，(左起)陳蕙慧、盧郁佳、曲辰、乙一、林依俐與孫梓評

乙一。

乙一訪台

記二〇〇八盛夏，暗黑小說家在台灣的某一天

● 文／古惑鳥

乙一在行天宮

二〇〇八年八月十一日，這天是乙一老師來台的祕密行程。說祕密好像是私下出遊，其實還是逼老師工作了一整天。為了捕捉這位暗黑小說家平日不寫書時的行徑，我們請來臺灣知名電影導演陳以文（作品有《果醬》、《運轉手之戀》）操刀。一早工作人員與老師在飯店大廳集合，浩浩蕩蕩一行九人，總之先上車再說。

車上，大略互相引見過拍攝組與暗黑組之後，馬上奉上中式早餐——燒餅油條加豆奶，乙一老師與他的隨行編輯依舊感情很好地一邊分食一邊低聲直呼好吃。古惑離起床沒多久，從後座望著很像普通日本觀光客的乙一老師，有種一下子被拋到外太空的非現實感，飛行途中懷裡還緊緊抱著出自前座這位大師之手的《ZOO》。

陳導有多次與日本演員合作的經

驗，回過頭先問古惑，乙一老師說不說英文啊？一旁同事說乙一老師前晚餐會上聽英文是沒問題的，但古惑記得乙一老師在《土耳其日記》裡謙稱自己的英文程度只到「pencil」而已……。車子很快抵達台北市立動物園大門廣場，一下車，陳導馬上湊上前問：「Can you speak English?」然後我們的暗黑小說家當場直搖手說：「NO——!」

老師，除了pencil還有no嘛。

攝影機一到定點就開機了。根據之前幾天的觀察，乙一老師完全是冷面笑匠一派，別看他說話溫溫慢慢的，一行人才走到第一個動物區——非洲象前方，陳導與攝影大哥都還在抓暗黑小說家的tempo，老師已經凝望著大象幽幽地吐出一句：「象的頭上有毛耶……」緊接著就是讓古惑冷汗直冒的那段話了（請見光碟）。帥哥老師，您不提沒人注意啊……

古惑一邊冒汗一邊笑到蹲在地上，陳導問乙一老師有沒有特別想看的動物，老師說羊。羊？要命，路線規劃沒這個點，古惑去哪裡生羊出來，按計畫接下來是斑馬和長頸鹿區。還好暗黑小說家意外地中意這兩種動物的花色，連聲讚嘆怎麼會有這麼鬼斧神工的花紋，還自己提起喜歡看斑馬，是因為常有人把他的作品分類成黑乙一、白乙一；然後問到最喜歡的動物，老師也很捧場說是長頸鹿，接著伸出手指比了比自己身上T恤的圖樣，這時長頸鹿群居然開始往草丘移動，就在離我們僅僅數公尺的眼前奔跑了起來。不愧是寫出《ZOO》的老師，您是有神之手嗎？

乙一在動物園捧讀《ZOO》

攝影機繼續移動到林旺貨櫃，這時冷面笑匠再度上場。光碟裡收錄的導覽片段其實整場沒有排練，一氣呵成，暗黑小說家只是聽隨行翻譯解釋過一遍貨櫃的來歷，導演一聲「Action!」令下，包括走位全部自己搞定。待我們一行人離開動物園前往鼎泰豐用餐，拍了一輪餐廳入口的景之後，所有人都覺得：老師，您應該幫台灣觀光局拍宣傳片才是。

乙一在林旺貨櫃中

乙一。

乙一享用小籠包

乙一

乙一與芒果冰

用餐席間當然還是一邊側拍。曉得暗黑小說家自己也接觸獨立製片，古惑提議老師和陳導坐下來好好聊聊電影吧。老師先是談到幾部自己看過的台灣電影，然後想了一會兒，有些害羞地問陳導：「宮澤理惠是怎麼樣的人？」（《運轉手之戀》女主角）陳導也很認真地回答，她是個非常敬業且專業的演員，只見暗黑小說家默默地、用力地點了點頭。老師，此刻的您一點也不暗黑喔。

行天宮拜拜、地下道算命，對暗黑小說家來說都是新鮮的行程，但重頭戲其實在腳底按摩時間。老師一邊接受按摩，古惑一邊在旁逼供，三十題一問一答雖然沒能滿足超級乙一FAN的胃口，但聽了老師的回答，不難了解為什麼老師的太座會認為《小生物語》是最貼近乙一老師的作品了。古惑比較訝異的是，當被問到暗黑小說家通常從什麼角度切入觀察人，老師只是以很平常的語氣回答，自己其實不大觀察人的。啊，是了，古惑腦中馬上浮現老師所有作品中的角色，原先許多的不確定都得到了解答。老師，我終於明白為什麼您的作品會深深吸引著我們這群人了。

既長又短的一天即將落幕，最後一場拍攝是在飯店房間門口進行。由於這也是暗黑小說家這次訪台的最後一段紀錄，我們希望老師能為這趟台灣之行做一個總結。但不知是一天下來太累還是一時之間百感交集，暗黑小說家花了一些時間才整理出感言。這是這一天老師唯一一次在鏡頭前顯露猶豫，看著低聲跟隨行編輯商量的乙一老師，一臉像是小孩子交不出功課的焦急神情，古惑才突然想起，乙一老師是一位多麼年輕的作家。他的言行總是如此謙遜安穩、下筆總是如此精練，但其實他，這麼年輕。

這次來台，許多訪問都提到乙一老師被譽為早慧天才，但老師的隨行編輯（兩人已合作十年）始終語重心長地說，其實乙一老師是非常努力的人（かなりの努力家），之前訪問也提到過在「《浮文誌》五作家文藝合宿」時還曾把鍵盤的刪除鍵按到壞掉，這就是暗黑小說家無可取代的個人魅力所在吧。乙一老師曾多次提起自己深受伊集院光先生的廣播節目《深夜的傻力氣》（「深夜の馬鹿力」）影響，節目中伊集院先生常將自己的缺點或糗事大剌剌地拿來當作搞笑的段子，博君一笑，「自己這些丟臉與不堪確實是缺陷，但也是一種武器。」當年十六歲的少年乙一聽言大受衝擊，從後來許多「白乙一」的作品當中，我們不難見到這個價值觀對他的影響。無論曾走過怎樣深刻的黑暗，永遠能夠在心裡有塊地方是溫柔的，雖然說老師，您的暗黑也太深刻了……

拍了一天，陳導的感想是，乙一老師呼吸的空氣好像跟我們不大一樣。我想，那不是常人眼中的與外界格格不入，而是一種經過努力轉化後得出的生存方式，非常「小生式」。

乙一。

專訪

孤獨所帶來的禮物

● 文／孫梓評

乙一受專訪，右起孫梓評、翻譯小森、乙一

被喻為「日本恐怖小說菁英」的作家乙一

少年安達寬高（一九七八—），就讀於久留米工業高等專門學校材料工學科，在為期兩週的工廠實習作業中，感到無人可對話的孤獨。下課後，他散步到附近河岸，抱膝坐著，眺望遠逝的河水，心裡明白自己恐怕沒辦法倚靠這個工作生活——同時，心裡也響起「來認真寫小說吧」的聲音。於是，他決定以筆名「乙一」著手進行創作。十七歲那年，處女作〈夏天．煙火．我的屍

孫梓評 作家，自由副刊主編。

體〉獲得第六屆「JUMP小說・非小說大獎」，此後持續交出使人眼睛一亮的作品：奇想如〈平面犬〉寫一隻會移動的刺青小狗，冷酷如〈土〉揭露活埋他人的詭謬欲望，溫暖如〈形似小貓的幸福〉穿透靈異表象……。一再以故事拋出驚喜、針刺人性幽微的脆弱，使得乙一不只是一個推理／恐怖小說家，更獲得廣大讀者支持。

小說其實是數學

乙一本人瘦高，頭髮略長微捲，戴透明咖啡膠框眼鏡，訪台行程中，總是各式T恤搭配牛仔褲，左手腕上有著造型簡單的手錶，修長漂亮的無名指上，則戴著婚戒——岳父是大名鼎鼎的押井守。他說話速度舒緩，聲音低沉，在回答問題時，表情專注集中，一時會錯覺好像在讀他的某幾篇調性抒情的小說。然而，當談起某些話題，他生動地比畫起來，忽又覺得，隱藏在他文字背後的幽默，也是他的內建功能。唯獨那些冷血黑暗的情節，好像不屬於他——才剛這麼想，他馬上談起自己所有作品中，最私心推薦的一篇是收錄於《ZOO》裡的〈SEVEN ROOMS〉，「因為那是我寫過最殘酷的故事！」

談起自己的寫作方法，乙一有點害羞，「其實，很接近好萊塢電影劇本的做法，我把一篇小說切分成四段，起承轉合，再依序將設定的內容置入。」認為一篇小說該有三次轉折的他，總是先想好小說結局之後，才開始動筆。「相較之下，其他一些寫推理小說的朋友，他們常是寫了第一行，第二行還不知道要寫什麼……」乙一或許不知道，這個令他感到不好意思的「公式」，其實是很難執行的一種精準策略。就像他曾在文章中自述，「小說的感動是連續的。，不但對於內心狀態的描寫是連續的，隨著行數的增加，其形態也有所變化。……整個變化過程其實可用波狀曲線來表示，而那正是故事的真面目。這其實是數學。」

拍電影是寫小說困頓的出口

大學念的是生態學，但與此同時，秉持著對電影的熱愛，乙一邊寫小說，也邊以本名「安達寬高」兼任編劇與導演。二〇〇六年後，創作量銳減，很多人以為他將重心放在電影，乙一否認了這項說法。由於他接受邀請，創作荒木飛呂彥《JoJo的奇妙冒險》小說版，這冊在日本銷售逾七千萬冊的漫畫，共七部，現仍連載中，乙一挑選第四部「杜王町」為舞台，除了原著中的人物陸續登場，亦加入他虛構的角色，前後超過五年時間寫成《The Book》一書，也因為工程比想像中艱鉅，所以他「像在尋找出口一樣，轉而投向了影片創作」。乙一表示，「小說創作並未停止，但常常寫一寫，無法繼續，就成了廢稿。」那麼，現今找到出口了嗎？乙一沉吟片刻，搖了搖頭。

「為了讓（寫小說時的）頭腦冷靜一下」，他參與二〇〇七年上映的獨立製片《東京小說》——另一位作家櫻井亞美拍攝前半部《美人魚與王子》，他負責後半部《立體東京》。「這其實只是一部用手持攝影機拍出的電影。」他笑著說。片中女主角，正是新婚的妻子

乙一。

押井友繪，「因為認識的人裡面找不到適合的人演女主角，只好找她來演。」一《立體東京》描述一個少女前往東京探訪獨居的母親，但她藏有重要回憶的背包卻遭竊，所衍生的一連串故事。乙一笑著說：「其中有一幕，在電車上，她的表情悲傷，我們都一致覺得她演得很好，符合戲中所要的氛圍。但事實上，那只是因為剛好旁邊有位奇怪的老先生，一直說著黃色笑話，令她手足無措……」

也許是題材獨特、影像感強烈，乙一的長、短篇作品，迄今已有七部被改編為電影，包括二〇〇八年五月在台上映的《超感應KIDS》。乙一通常給予改編者完全的自由，「因為我將電影視為一個獨立的作品。並且，如果我介入太多，對方也不好做事。」其中，他最滿意的是電影版《只有你聽得見》，他說：「我自己在撰寫廣播劇腳本時，已經做了一次改編；電影裡又再次翻轉了結局，讓我覺得——咦，原來也可以這樣處理啊。」他笑著補充說明，「況且，電影改編跟我的原著小說差距愈多愈好，否則我聽見自己寫的句子變成台詞被念出來，會想要摀著耳朵逃出電影院。」

點擊滑鼠，出現「世界」

對乙一而言，所謂世界，「除了我所在的房間，就是透過滑鼠的點擊，由電腦螢幕所延伸出去的一切。」不過，同為推理作家的好友瀧本龍彥倒勸他該試著練練空手道，鍛鍊一下身體。

曾被視為「輕小說作家」出身的他，最近喜歡閱讀的輕小說是《狼與香辛料》，也會上網看看社會新聞。至於喜歡的音樂，是ヤン富田（Yann Tomita，一九五二—）。被喻為「電子音樂界的惡戲者」的ヤン富田崛起於八〇年代，擅長鋼鼓，曲風橫跨hip pop、浩室、迷幻、爵士……，曾自組團體DOOPEES，亦是第一位將rap引進日本的人。「說也奇怪，很多音樂聽一陣子就不想再聽了，但不知為什麼，每隔一陣子，就會想要再聽ヤン富田。」

乙一除了擁有驚人敘事魅力，還有難以歸類的《小生物語》一書，以網路連載日記的方式，結集而成。他透露此書靈感來自芥川獎作家川上弘美的《椰子．椰子》，這類「偽日記」（噓日記）的風格，除了滿足讀者對小說家的窺奇心態，又活化了敘事聲線，乙一笑說：「雖然我對這本書感到很汗顏，但是我太太曾說我的作品她最喜歡的就是《小生物語》，我心裡想，好險有寫這本書！」

乙一的下一步

在《被遺忘的故事》後記，乙一曾說〈CALLING YOU〉、〈形似小貓的幸福〉、《在黑暗中等待》等三篇，是可以用來定義他的關鍵作品。「這三篇以同樣心情完成、私小說般的作品，現在回頭去看，從中學到大學時的很多想法，都濃縮在其中。不過，自己也想要揮別那個時期，寫出更明朗的作品。」一那幾篇故事，都臨摹著被拒絕於同儕之外的孤寂感，最終獲得了有衝突的陪伴——這樣一種階段性但珍貴的創作，或許也可視為孤獨所為他帶來的禮物吧。

乙一表示，目前暫無出版單行本的計畫，第八號《ファウスト》（台灣版譯為《Faust浮文誌》）會有最新作品發表；而之前與北山猛邦、佐藤友哉、西尾維新、瀧本龍彥等人，被集中到沖繩旅館裡合作完成的接力小說，今年也會出版。「這個企劃，比各自所寫的小說都更為有趣。」

關於未來，由於不想重複過去的自己，乙一仍在摸索中。

（本文轉載自自由時報）

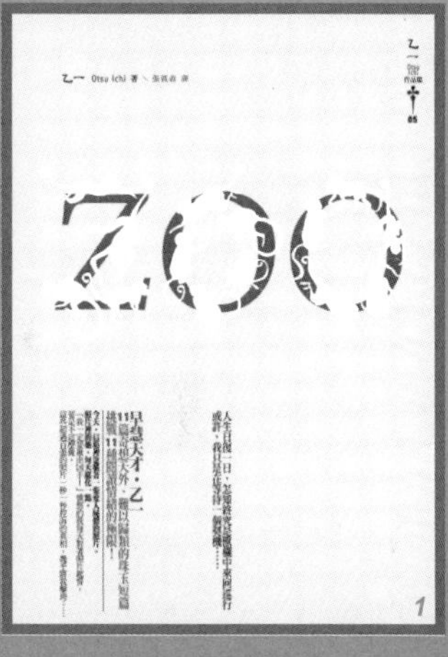

1. 乙一最新中譯作品《ZOO》
2. 乙一與櫻井亞美合作的獨立製片《東京小說》網頁。（圖片來源：www.biotide-films.com/otsuzakura）
3. ヤン富田個人專輯《追求最棒的偶然》
4. 乙一的處女作《夏天‧煙火‧我的屍體》

想要了解日本推理界最新脈動？
獨步特別情商台灣推理作家協會執行祕書冬陽先生，
為讀者帶來「日本推理文學大獎」第一手情報；
還有駐日特派員張筱森帶您直擊
「本格推理小說特別獎」及「江戶川亂步獎」頒獎典禮盛況。

特別報導

● 文／冬陽

特別報導

第十一屆日本推理文學大獎行——

▲頒獎典禮現場

冬陽 台灣推理作家協會執行祕書，臉譜出版社主編。

推理朝聖之旅

三月的東京，粉嫩的春櫻含苞待綻，天空偶爾落下綿綿細雨。氣溫在攝氏五度至十五度之間上下徘徊，冷風吹來頗帶寒勁，路上行人多大衣裹身低頭疾行，幾縷白煙因張口說話或呼氣飄散開來。

這是我生平第一次來到東京。

抵達東京的那一刻起，我的腦海裡便不斷浮現曾讀過的日本推理小說或影劇。飛機在成田機場降落：森村誠一《東京機場謀殺案》（志文）；自機場搭乘利木津巴士至下榻旅館，途中行經彩虹大橋：織田裕二主演日劇《大搜查線》；周遊東京幾乎必坐的JR山手線電車：西村京太郎《殺人雙曲線》（林白）；從池袋車站西口的東武百貨走出，步行兩分鐘看到的一方小公園：石田衣良《池袋西口公園》（木馬）；踏上東京車站月台，望向十數列待發列車：松本清張《點與線》（獨步）；還有數不清的小說與日劇中，屢屢提及的警視廳所在地櫻田門（掐指數數，有哪些人在那邊上班？）……

能有這趟特別的「推理朝聖之旅」的機緣，得從一個多月前說起。

數月之前，經由推理界前輩傅博的居中聯繫，剛更名不久的台灣推理作家協會（前身為台灣推理俱樂部）有了與日本推理界交流互動的機會，在日本推理文學資料館館長權田萬治的促成下，受邀參加財團法人光文ラザード文化財團主辦的「日本推理文學大獎」頒獎典禮。過去台日兩國推理界互動多侷限於出版社之間的事務合作，或以個人名義私下參訪，這是首次以作家協會團體身分進行的交流活動，意義格外不同。

此次交流，台灣推理作家協會由冷言、哲儀、既晴與我四位共同代表出席，行程中另安排參訪了江戶川亂步故居與日本推理文學資料館，因篇幅有限，在此僅就頒獎一事著墨介紹。

「日本推理文學大獎」主要的支持者為光文社（日本大型綜合性出版社之一，一九四五年成立至今，出版品當中與推理相關的雜誌有《小說寶石》月刊和《GIALLO》季刊，書籍則以Kappa Novels書系及江戶川亂步全集最為人熟知），與日本當今眾多推理小說獎最大不同處，在於此獎以現役作家與評論家為對象，為表揚對推理文學有卓越貢獻與成就者而設立，入圍名單由作家、評論家及相關出版從業人員經問卷調查後推舉產生。

典禮上同時也頒發「日本推理文學大獎新人獎」和「鶴屋南北戲曲獎」：前者以拔擢新人為目的，從公開募集的廣義推理小說中選取充滿新奇魅力的優秀作品；後者則從前一年度上演、以日文書寫的新作戲曲中選評授獎（與推理創作無關，略過不表）。

實至名歸的得獎者

第十一屆（二〇〇八）日本推理文學大獎，在評選委員阿刀田高、逢坂剛、權田萬治與森村誠一四人一致同意下，頒給專寫旅情推理小說的內田康夫。

特別報導

「由江戶川亂步開闢道路，再由松本清張改革躍進的推理小說世界，至今仍有許多作家為了推廣給大眾，使其成為普羅文學而繼續揮筆努力著。雖說有數個名字浮現在腦海，若要選出其中一人，舉出內田康夫先生的名字應該不會有人反對吧。」阿刀田高在評選意見中如此表示。

「內田康夫是孕育了名偵探淺見光彥、具有絕頂人氣的作家……（中略），設定一位主要報導『旅遊與歷史』的自由記者為名偵探，由此而生的『旅情』推理散發著獨特的氛圍，可說是新型態的Travel Mystery。光彥的人氣能如此歷久不衰的祕密，在於他能創造出各式各樣的機會，用以凝聚旅情推理的材料，光憑這點就值得獲獎。」評論家出身的權田萬治精準地點出了內田康夫得以獲此殊榮的重要成就。

內田康夫本人倒是在得獎感言中，語帶幽默地道出自己的寫作使命：「雖說的確有種『得獎後從此功成名就，自認已經完成某種使命，然後就開始喪失工作意願』的不安感，但也意會到這個獎並不是一個終極目標，而是帶有鞭策、勉勵的意義。我想今後我會更加努力不懈、精益求精。」

至於新人獎部分，本屆共有一一三篇來稿，通過兩次預選篩出十九篇作品，經新保博久、山前讓等七位評審選出四篇入圍決選作品後，由評選委員有栖川有栖、石田衣良、田中芳樹、若竹七海四人審定，頒給緒川怜的航空懸疑小說《霧のソレア》（投稿原書名：《滑走路34》）。

現年五十歲的緒川怜任職日本共同通信社，是一位航空軍事記者，受多次採訪空難事件的觸發而寫下《霧のソレア》一書。「《霧のソレア》是一部敘述恐怖份子攜炸彈登機，使飛機陷入危機的航空懸疑小說，充滿了高科技的軍事驚悚元素，也可以說是『國際謀略小說』。大抵而言，本作犧牲了狹義的寫實性，徹頭徹尾貫徹了『娛樂性』的寫作風格。」有栖川有栖的評審意見清楚描繪出作品樣貌及獲獎主因。

中日推理作家協會首次交流

典禮結束後的晚宴會場上，光文社編集總務部主任小田切裕為協會成員引介了多位作家、評論家與出版人，包括曾來台會見書迷的有栖川有栖、綾辻行人，作家蘆邊拓、若竹七海，評論家新保博久、山前讓，東京創元社前社長（現任顧問）戶川安宣，日本推理作家協會理事長大澤在昌，以及當晚的焦點人物內田康夫等人，彼此交換寫作、出版、經營協會等諸多經驗心得。

台灣推理文學的發展與經營尚屬起步階段，鄰近的日本有許多值得我們借鏡學習的地方，經此次活動的洗禮，讓我深深感覺到，無論就創作者、出版者或讀者三種身分來看，台灣推理文壇都還有長足的進步空間有待參與者繼續努力。以此次日本推理文學大獎為例，親臨會場的我強烈感受到台上台下共同付出的心血精力，凝聚出當今日本推理文學多元紛呈的繽紛樣貌，這與占有語系優勢、同時具有悠久書寫傳承歷史的英美作家相當不同，且部分日本作家已成功打入英語世界，質與量上都有一定的抗衡水準，非常不簡單。

這次日本行還有一點讓人印象深刻的是，認識了幾位對台灣推理發展充滿期待的推理界人士，包括前文提及的權田萬治、戶川安宣、大澤在昌、蘆邊拓、小田切裕等人，其中身為作家協會理事長的大澤在昌甚至與我緊握雙手說：「請（台灣推理作家協會）好好加油！」那出自肺腑的期盼與鼓勵，令人十分感動，推理愛好者的熱情，肯定是不分國界、超乎地域的。

期待有一天，台灣推理文學發展能臻於成熟完備，成立一個屬於華文世界的「大獎」。

（感謝協會成員寵物先生協助日文資料翻譯，冷言、哲儀協助當日活動攝影）

▲內田康夫致詞

▲有栖川於會中致詞

▲新人獎得獎者緒川怜

內田康夫作品《淺田光見的推理紀行》

新人獎得獎作《霧のソレア》

特別報導

文／張筱森

「本格推理小說特別獎頒獎典禮」暨「島崎博歡迎會」小記

勇於挑戰時代潮流的偵探小說專門誌

在台灣的推理小說史上，二〇〇八年四月停刊的《推理雜誌》有著不可磨滅的地位。即使雜誌後期出現難以理解的定位大轉彎，但是它對於台灣八〇年代後半的推理小說讀者仍舊起了巨大的啟蒙作用。而在東亞有著最為成熟的推理小說市場的日本，推理小說相關的雜誌當然也佔有相當重要的地位。很多讀者都知道松本清張在一九五七年閃亮登場後，傳統的本格推理小說便逐漸邊緣化，更不用談在大正時期到二次大戰前在大眾文藝中佔有一席之地的偵探小說了。而在一個大眾文藝主流是清張式推理小說和科幻小說的年代，居然有人在一九七五年大膽地創辦了一本所謂的「偵探小說專門誌」，堪稱異數。

▲會場熱鬧的景象

這本以江戶川亂步最知名的評論集名稱命名的《幻影城》，內容以偵探小說和評論為主，在當時可說是小眾雜誌。雖然標榜為「偵探小說專門誌」，但是創刊號的特集卻是科幻小說，某種程度反應了當時日本科幻小說的盛況。推理作家蘆邊拓曾說過，《幻影城》雖然是他的推理小說啟蒙書籍，然而當時身為科幻小說少年的他，其實是為了創刊號的科幻小說特集才買的，但在這陰錯陽差之下，他才發現原來推理小說是如此有趣的文類。是的，只有短短四年歷史的《幻影城》雖然是一本小眾取向的雜誌，卻在日本推理小說史留下難以消除的印記。它的出現餵養了一群飢渴的讀者，培養出一批影響巨大的作家和評論家，甚至連封面、插圖繪製者都在日本美術界佔有一席之地。可惜的是《幻影城》在一九七九年畫下休止符，而創辦者島崎博也放棄大批藏書，離開了日本。在日本推理小說讀者的心中，《幻影城》和「島崎博」兩個名詞幾乎成了推理小說史上最有名的傳說。

重溫幻影城時代

當然，對台灣讀者而言，島崎博老師並非全然陌生的名字，他以「傅博」的名義編撰了許多日本推理小說短篇集，也引介了許多推理作家。隨著網路世界無遠弗屆，日本的《幻影城》讀者在二〇〇四年春天終於和島崎老師重新取得聯絡，並且在二〇〇四年深秋來到台灣貼身採訪他，決定出版一本以幻影城為主的同人誌。這本同人誌屢幾經波折，終於在二〇〇七年年初以《幻影城的時代》之名出版，印量不到一千本的這本同人誌迅速被死忠讀者搶購一空，甚至在拍賣網站高價賣出。之後，隨著有栖川有栖和綾辻行人相繼訪台，將島崎博的消息帶回日本後，日本本格推理作家俱樂部便開始討論將「本格推理小說大獎特別獎」贈與島崎博的事宜。

日本本格推理作家俱樂部在此之前，只在二〇〇四年頒過一次特別獎，當時的得獎者是對新本格派發展有著相當貢獻的宇山日出臣和戶川安宣兩位名編輯。俱樂部經過數年的討論和籌備之後，終於決定在二〇〇八年九月十三日頒獎給島崎老師。而一群《幻影城》的讀者則組成了「島崎博歡迎會」籌備小組，由知名評論家權田萬治、二上洋一、紀田順一郎及由《幻影城》出道的資深推理小說家泡坂妻夫擔任發起人，在頒獎典禮的同時也舉行了「島崎博歡迎會」。

頒獎典禮當天，東京天空的雲層看起來有些沉重，開始有了初秋的氣息。抵達會場時，頒獎典禮已經開始。擔任頒獎人的綾辻行人致詞結束之後，將由京極夏彥設計的獎座贈與島崎博，接著由上屆得獎者戶川安宣致贈花束。簡單的頒獎典禮和致詞結束後，便是頒獎派對。這次的派對參加者中推理作家密度相當高，不過更引人注意的還是充滿著尊敬之情的《幻影城》讀者。他們之中有不少人特地遠道而來，為的就是一睹傳說中的《幻影城》主編島崎博的風采。而推理作家太田忠司更在自己的部落格上表達了能夠親眼見到島崎博的欣喜之情，就像是個追星族一般。在派對上，筆者和這次的一位籌備委員稍微聊了一下。四年前透過網路終於得知離開日本二十五年的島崎博消息的他，對於四年之後，竟然能夠舉辦如此盛況空前的聚會，內心感慨良多。

筆者以一個外國讀者的角度看來，一本已經停刊了二十九年的雜誌，卻仍舊能夠有著如此強大的向心力，除了羨慕還是羨慕。會中除了推理作家、讀者相見歡之外，由《幻影城》新人獎出道的泡坂妻夫和栗本薰也準備了特別表演。泡坂妻夫除了推理小說創作之外，在魔術表演上也有著相當的造詣。此次，為了好久不見的老友，特別露了一手，寶刀未老的精湛表演獲得現場來賓的熱情捧場。在泡坂表演過程中，綾辻行人和有栖川有栖兩人就像是看到偶像的青少年一樣興奮不已。而栗本薰則是為島崎博彈奏了兩首鋼琴曲，也獲得了滿堂彩。當天還有個小插曲，向來視參加派對為畏途的乙一，在訪台之際曾經表示因為害怕，所以出道至今未曾見過提拔自己出道的栗本薰。因此，他便在島崎博的邀請之下，參加了這次的派對，在栗本薰表演完畢後獻上花束，圓了多年來的心願。在栗本的表演之後，派對也接近尾聲，所有人移到另一個會場拍攝紀念合照。原本可以容納一百二十人的位置，卻因為參加者太過踴躍，來了一百五十人，費了一番力氣之後，才將所有人收進鏡頭裡。

睽違二十九年的簽名會

派對結束後，根據日本人的習慣再來個二次會，眾人移師到會場附近的中華料理餐

特別報導

廳。沒想到雖然是中華料理餐廳，卻因為參加者眾，成了大部分人都只能站著的派對了。在眾人酒酣耳熱之際，島崎博來到了筆者站立處附近向前來參加的讀者致意，此時有位讀者拿出了最後一期幻影城請主編簽名，當場開起了小型的簽名會，而每個拿到簽名的讀者臉上也都露出了滿足又欣喜的笑容。

最後，值得一提的是在這次的頒獎典禮暨派對上，有個關於二〇〇七年《幻影城的時代》這本同人誌的好消息。這本同人誌中邀請了當年許多《幻影城》相關人士以及受到《幻影城》的推理作家，根據自身的回憶撰寫了短文，同時也整理了《幻影城》許多珍貴的史料，無論在收藏或研究上都相當有價值。然而因為數量稀少，向隅者無不扼腕。所幸，本書將由講談社在二〇〇八年冬天重新出版，並且大幅增加了新的內容。其中最令人驚喜的莫過於幻影城作家相隔三十年再次聚首，由泡坂妻夫，包含台灣讀者也十分熟悉的連城三紀彥、栗本薰、田中芳樹以及竹本健治等人，都將發表全新的短篇作品。如此豪華的陣容，或許真的只有《幻影城》才能辦得到了。

▲北村薰（佐）頒發獎狀給傅博先生

▲頒獎人綾辻行人致詞

▲熱情讀者請傅博先生簽名

▲獎狀

▲(左起)栗本薰之子、栗本薰、傅博先生及田中芳樹合影

▲獎座出自知名作家、設計家京極夏彥之手

▲參加者全員大合照

● 文／張筱森

特別報導

第五十四屆江戶川亂步獎頒獎典禮側記

▲左起依序為東野圭吾、恩田陸與內田康夫

江戶川亂步獎得獎作《訣別之森》

江戶川亂步獎得獎作《誘拐兒》

▲大澤在昌在會中致詞

▲大澤在昌頒獎給翔田寬

▲大澤在昌頒獎給末浦廣海

▲宮部美幸在派對中與傅博先生合影

首屆一指的推理小說新人獎

從一九五四年開始舉辦的江戶川亂步獎，恐怕是日本文壇最知名的推理小說新人獎項了。許多即使不讀推理小說的日本讀者，也多少對江戶川亂步獎略知一二。宮部美幸在一九九八年以《理由》獲得直木獎之後，據說還有鄰居祝賀她：「真是恭喜，下次就是江戶川亂步獎了啊。」小野不由美也曾經開過玩笑說，萬一自己和老公綾辻行人以後過氣的話，那就夫婦一起挑戰亂步獎吧。從這兩位有著億萬身價的作家的經驗談看來，不難了解亂步獎在日本推理小說界有著其他新人獎難以企及的高度影響力。

亂步獎在決選之前，會先由評論家擔任預選委員。據說參與預選的評論家每人必須負責五十份左右的作品，接著開會挑出二十篇左右進入複選，再經由眾人激烈討論後選出最後五篇作品進入決選，此時才會交由專業作家進行評選。由於亂步獎知名度甚高，每次來稿數都高達好幾百件，數百篇長篇作品的預選是十分吃力的作業。有位預選委員便表示，基本上看了十張稿紙還引不起他興趣的作品，就會被他刷掉。如此說來，掌握預選委員的心或許比理解決選委員的想法更加重要。不過在有幸打敗其他數百名競爭者後，進入決選時，專業作家的興趣當然就會左右得獎作的水準和傾向。今年的決選評審委員是由內田康夫、大澤在昌、恩田陸、天童荒太以及東野圭吾擔任，得獎作品則是翔田寛的《誘拐兒》和末浦廣海的《訣別之森》。從亂步獎一貫的頒獎傾向看來，即使有恩田陸這樣作品充滿幻想風格的評審參與決選，這兩篇作品也仍舊是百分之百的亂步獎式的作品。

得獎者之一的翔田寛其實早在二〇〇〇年，便獲得「小說推理新人獎」出道，這個新人獎也曾經選出了大澤在昌和本多孝好。他甚至在二〇〇一年入圍了第五十四屆日本推理作家協會獎短篇部門，之後也推出過數本反應不錯的時代推理小說。或許是因為始終未能真正的大紅大紫，所以此次才挑戰亂步獎。這次的得獎作品《誘拐兒》，以發生日本戰後黑市的幼童綁架小說開場，是本具有松本清張風格，但也十分遺憾地僅止於清張風格，而未能另闢新局的作品。另外一位得獎者末浦廣海則對亂步獎死心塌地，一邊當個打工族一邊持續挑戰亂步獎。終於在今年第七次的參賽苦盡甘來，以描寫醫療直昇機、自衛隊和北海道知床半島環境問題的《訣別之森》摘下獎項。

眾星雲集的頒獎典禮

二〇〇八年的亂步獎頒獎典禮在九月十九號於東京帝國飯店舉行。筆者抵達會場時，頒獎典禮已經開始。在協會理事長大澤在昌致詞結束後，由評審委員東野圭吾代表所有評審委員發表選評。東野雖然看似冷淡，不過他的致詞倒是相當風趣幽默，引起眾多的笑聲。接著在兩位得獎者發表感言後，由北方謙三帶領所有參加者乾杯，頒獎典禮派對正式開始。

或許是因為之前橫掃台灣的辛克樂颱風當天正直撲東京而來，出席人數比想像中少了一些，不過還是有不少台灣讀者十分熟悉且喜愛的作家出沒於會場各個角落。例如：喝酒喝得有點high的恩田陸，熱情地擁抱了獨步文化的總編輯陳蕙慧。總是風度翩翩，俊帥如昔的東野圭吾、妙語如珠的大澤在昌、親切有禮的有栖川有栖和北村薰等等。而最受台灣讀者歡迎的宮部美幸踩著一雙相當可愛的長統雨靴出席頒獎典禮，一見到兩年前曾採訪過她的獨步文化的兩位編輯(另一位便是本期主編戴偉傑)，便露出超級有魅力的笑臉，熱切地表示歡迎，順便不忘提醒兩位編輯，她明年二月又有新書了喔。而宮部的好人緣也使得她成了派對焦點人物之一，只要她坐下來的地方，不知不覺就會有其他作家、編輯甚至銀座的酒店媽媽桑圍上前去。說到銀座的媽媽桑，或許是因為帝國飯店距離銀座只有數百公尺，每次亂步獎頒獎典禮都會有銀座的公關小姐來替會場增色，她們曼妙的身影穿梭在眾多作家、編輯之間，這可是在其他頒獎典禮看不到的光景。

隨著當天晚上風雨不斷增強，參加派對的來賓也陸續往出口移動，在八點左右，第五十四屆的江戶川亂步獎頒獎典禮暨派對宣告結束。對於大部分的參加者而言，這或許只是一場普通的社交活動。對得獎者來說，這場活動可能是通往將來一帆風順的寫作生涯的一張門票。然而不可諱言的是，進入二十一世紀後，亂步獎光環逐漸消退。獲獎只是一個開始，未來是否能成功，終究不是努力研究鑽研得獎對策就能獲得保證的。只是筆者作為一個深深喜愛日本推理小說的外國讀者，仍舊會繼續期待亂步獎能再度替我們發掘出下一個東野圭吾、下一個桐野夏生。

MYSTERY HIT PARADE 10

推理小說排行榜

推理小說排行榜

MYSTERY HIT PARADE

本格推理小說Best 10

我想看這本推理小說！

週刊文春推理小說Best 10

這本推理小說了不起！

獨步排行榜

推理小說出版速度這麼快，在荷包和時間都有限的情況下，
要聰明選書當然不能錯過排行榜嘍！
想找一讀上癮的推理好書，看這裡準沒錯。

MYSTERY HIT PARADE 10
推理小說排行榜

2008年 ●文／張筱森

本格推理小說BEST 10

本格推理小說 BEST 10的榜單向來就如同排行榜名稱顯示，是以本格推理小說為中心。這個榜單的計算方式是以前年十一月起到當年度十月為止的作品為候選書籍，回答者選出心中的一到五名，分別以十分到六分計算總和，決定名次。

01
▼有栖川有栖
女王國之城

02
▼三津田信三
無頭作祟之物

03
▼柄刀一
密室王國

04
▼米澤穗信
被煽動的鬥毆

05
▼山澤晴雄
相隔遙遠的房子

第一名的作品是在大幅領先的情況之下，獲得眾人青睞的有栖川有栖「江神四郎＝學生有栖川」系列第四作《女王國之城》。在二〇〇七年度有栖川有栖已經以「火村英生＝作家有栖川」系列的《亂鴉之島》拿下同排行榜的冠軍，足見還是很多人喜歡像有栖川這樣努力於傳統本格推理的作家。第二名是恐怖小說和本格推理雙軌並進的三津田信三的怪奇作家刀城言耶系列第三作《無頭作祟之物》，超自然恐怖小說的背景之下才能成立的純理性本格推理小說是非常不容易成功的類型，三津田自在地來去合理和非合理之間，表現精彩。第三名是作品向來難讀的柄刀一的連續密室大作《密室王國》，以昭和時代的魔術圈為背景，從頭到尾散發出一股和時代背景緊密結合的懷舊氛圍。

第四名是米澤穗信的《被煽動的鬥毆》，總是以發生在日常生活中的小小謎團為創作主力的米澤，雖然從其舊作也可以看出堅強的本格推理實力，不過此次刻意以非現實和徹底遊戲化的封閉環境下的連續殺人事件正面挑戰本格推理，開創了作者出道至今的全新風格。第五名是傳說中的「最右派」本格推理作家山澤晴雄的首部單行本《相隔遙遠的房子》，收錄了四篇短篇集，尤其是標題作品融合了破解不在場證明和消失又出現的屍體等本格推理小說迷必定垂涎三尺的本格推理的小道具，充分展現了老作家的功力。第六名是台灣讀者也很熟悉的歌野晶午的《密室殺人遊戲》，內容敘述五名素不相識的殺人者在網路上互相出題的殺人遊戲，結合了網路時代敏銳的人性觀察和本格推理的趣味。

第七名是自去年起廣受台灣讀者歡迎的西澤保彥長達一千九百張稿紙的異色之作《收穫祭》，描述了某個偏遠村落慘

06

▼歌野晶午
密室殺人遊戲

07

▼西澤保彥
收穫祭

08

▼霞流一
夕陽回歸

09

▼島田莊司
自由的寓言

10

▼石持淺海
心臟與左手：
座間味君的推理

遭滅村的黑暗故事，讀後感覺十分沉重。第八名是向來作風奔放、想像無限的霞流一的時代推理小說《夕陽回歸》。第九名則是島田莊司以克羅埃西亞為背景的《自由的寓言》，不可思議的謎團和島田的人道關懷，結合得十分精彩。第十名是始終專心在本格推理的石持淺海的短篇集《心臟與左手—座間味君的推理》，本作是安樂椅偵探形式的連作短篇集，充滿了本格推理的醍醐味。

這次榜單的前十名中總共有五部作品入圍第八屆「本格推理小說大獎」，分別是《女王國之城》、《無頭作祟之物》、《密室王國》、《被煽動的鬥毆》和《密室殺人遊戲》。

MYSTERY HIT PARADE 10

推理小說排行榜

●文／張筱森

2008年

我想看這本推理小說

「排行榜」和「書單」這一類活動對於類型小說市場成熟的國家似乎有著無比的吸引力，身在日本的筆者不時就會看到類似的活動。有時候是書店店員自己來，有時候是雜誌找人選書單；有時候就是出版社玩個比較大的年度排行榜。

早川書房這家以歐美推理和科幻小說為出版重心的出版社，在日本的推理小說發展上有著非常卓越的貢獻。而他們在去年也推出了新的排行榜投入排行榜之戰，但是這個排行榜的遊戲規則比較特殊。最大的不同是標榜讀者可藉由網路和明信片參與投票，分數列入名次計算。原書房舉辦的「本格推理小說BEST」也有讀者投票的機制，不過那個榜單只是作為參考，不像早川書房標榜著「讀者參加型推理小說BEST 10決定版」。此外，這個排行榜的投票對象不止當年度的新書，連重新出版的文庫、新譯本等等都列入計算，從這個角度來看，也可以期待這個排行榜行之有年後，精采的舊作能有重新被發掘的機會。

第一名是宮部美幸的《樂園》(本書中文版由獨步文化出版)，死去的少年遺留下來的畫卻是十六年前死去的少女遺體被發現前的狀況，這究竟是怎麼回事？《模仿犯》的前畑滋子面對殘酷的少年少女殺人事件究竟該如何找出真相？第二名是櫻庭一樹的《赤朽葉家的傳說》(本書中

2008

03

▼三津田信三
無頭作祟之物

01

▼宮部美幸
樂園

04

▼山澤晴雄
相隔遙遠的房子

02

▼櫻庭一樹
赤朽葉家的傳說

05

▼近藤史惠
犧牲

文版由獨步文化出版），以昭和史為背景描寫生活在鳥取的傳統家族的三代女性一生的大河小說。第三名則是三津田信三的《無頭作祟之物》，在乞求一族安寧的祭典上，卻發現家族中的雙胞胎姊妹的妹妹竟成了一具無頭屍體，然而這不過是連續無頭殺人事件的開端而已。

第四名是「夢幻作家」山澤晴雄的第一本單行本《相隔遙遠的房子》，從以解謎為中心的本格推理小說到後設小說，乃至於幻想小說等精采作品。第五名是近藤史惠的自行車競賽推理小說《犧牲》，初次被提拔參加海外遠征的白石，卻遭遇了意料之外的悲劇，那是單純的事故？還是人為導致？第六名是今野敏的《果斷隱蔽搜查２》，從警視廳被貶為大森署署長的特考組警察龍崎伸也的轄區中發生了強盜挾持人質事件，在混亂的現場，龍崎究竟會做出什麼決定？這是今野在兩年前廣受好評的《隱蔽搜查》的續集。

第七名是芥川獎作家吉田修一的第一本推理小說《惡人》（本書中文版已由麥田出版），殺害了保險業務員的男人和與其相遇的女人為何要持續逃亡？描寫事件背景的相關人的各種感情，究竟誰才是所謂的「惡人」？同樣並列第七名的是由現任醫師岡井崇撰寫的醫學懸疑小說《無失誤》，婦產科醫生柊奈智在深夜值班時，為拯救出現異狀的胎兒實施了剖腹手術，卻沒想到惡夢緊接而來。第九名是日本傳說中的冷硬派作家高城高的傑作選集《X橋附近》，收錄了作者大學時發表，受到江戶川亂步大力稱讚的出道作等十五篇作品。同樣獲得第九名的還有柄刀一的《密室王國》，在傳說中的魔術師吝一郎的復歸公演期間，發生了一連串華麗妖豔的不可能犯罪，年輕的推理天才南希美風挺身向犯人提出挑戰。

07

▼岡井崇
無失誤

09

▼高城高
X橋附近

10

▼柄刀一
密室王國

06

▼今野敏
果斷隱蔽搜查２

07

▼吉田修一
惡人

●文／張筱森

2007年得獎作品

週刊文春推理小說BEST 10

05

▼近藤史惠
《犧牲》

04

▼櫻庭一樹
《赤朽葉家的傳說》

03

▼佐佐木讓
《警官之血》

02

▼宮部美幸
《樂園》

01

▼有栖川有栖
《女王國之城》

週刊文春的推理小說排行榜是日本目前歷史最悠久的排行榜。雖說日本每年的國產推理小說新書多達數百本，然而參與投票的人或許是「英雄所見略同」，所以週刊文春的榜單內容經常和後輩「這本推理小說了不起！」大同小異，二〇〇七年也不例外。和性格較為強烈的「本格推理小說BEST 10」相比，這兩個排行榜的品味著實頗為接近。

第一名的《女王國之城》是有栖川有栖的江神四郎系列的最新作，為了找尋都不到學校露臉的江神，英都大學推理研究會等人來到了信州，碰上了和新興宗教扯上關係的連續殺人事件。

第二名是宮部美幸的《樂園》，在去年二〇〇七年秋天之際始出版的上下兩冊作品，卻仍能順利進入日本網路書店的年度銷售排行榜，足見宮部人氣歷久不衰。

第三名的《警官之血》是老牌作家佐佐木讓的警察家族大河小說，雖然故事主題沉重，但筆調輕快、節奏快速緊湊，令人能迅速融入劇情。

第四名是這幾年來紅到發紫的櫻庭一樹的得獎作《赤朽葉家的傳說》。

第五名是喜愛自行車競賽的近藤史惠的自行車小說《犧牲》，也可以說是日本推理小說史上初次處理這種競賽的作品。

第六名是三津田信三的《無頭作祟之物》，雖有評語認為刀城言耶系列的人物塑造平板，文章窒礙難讀，不過對於熱愛本格推理小說的讀者而言，這些顯然都不是問題。

第七名是米澤穗信的問題作《被煽動的鬥毆》，描述一群被關在密閉空間的人，遭遇了無法躲避的連續殺人事件，密室殺人

06

▼三津田信三
《無頭作祟之物》

07

▼米澤穗信
《被煽動的鬥毆》

08

▼吉田修一
《惡人》

09

▼今野敏
《果斷—隱蔽搜查2》

10

▼柄刀一
《密室王國》

遊戲就此展開。

第八名是純文學作家跨界書寫，卻表現精采的好例子，吉田修一的《惡人》。

第九名是近年來終於獲得應有注意的今野敏的得獎作「隱蔽搜查」系列的第二作《果斷—隱蔽搜查2》，以特考組警察為主角的特殊警察小說。第十名則是柄刀一的連續密室推理大作《密室王國》，是一部令人聯想起泡坂妻夫的魔術師曾我佳城系列的出色作品。

●文／張筱森

2008年

這本推理小說了不起！

和「本格推理小說Best 10」的榜單相比，一看就知道與本格推理小說為中心的排行榜不同。從一九八七年開始的這個排行榜顯然較偏向娛樂小說，甚至在二〇〇六年還選出了平山夢明的恐怖小說為第一名。而在二〇〇七年的榜單上依舊展現出極大的彈性，老幹新枝共聚一堂。

第一名是老牌作家佐佐木讓的《警官之血》，描述了祖孫三代都擔任警察的警察家族的大河小說。一方面詳細描寫警察組織在戰後六十年來的變遷，然而在作為推理小說的部分，孫子追查祖父、父親死亡之謎的段落，也十分引人入勝。第二名的《赤朽葉家的傳說》是第六十屆日本推理作家協會獎的得獎作，堪稱是櫻庭一樹的初期代表作。深受馬奎斯影響的櫻庭在這部描寫祖孫三代故事的作品中，也巧妙地觸及了長達六十三年的昭和女性歷史，恰好和第一名的《警官之血》成有趣的對比。第三名的《女王國之城》是有栖川有栖睽違了十五年的學生有栖川系列的第四作，十五年的空白對這個系列或許是太過長久；然而作者十五年的歷練卻沒有白費，故事雖然厚重但是讀來行雲流水，最後的解決部也令人十分痛快。

第四名是今野敏的隱蔽搜查系列第二作的《果斷》，和向來以一般警察為主角的警察小說不同，今野在這個系列塑造了一群特考組警察，深刻地描寫了特考組的人

2008

03

▼有栖川有栖
女王國之城

01

▼佐佐木讓
警官之血

04

▼今野敏
果斷

02

▼櫻庭一樹
赤朽葉家的傳說

05

▼三津田信三
無頭作祟之物

性面，開拓了警察小說的新方向。第五名的《無頭作祟之物》是近幾年來極受部分本格推理讀者歡迎的三津田信三的刀城言耶系列的第三作，由於三津田是以恐怖小說出道，所以作品一直都走融合推理和恐怖的路線，但是在本格推理最重要的邏輯推演上向來表現出色。因此雖然並非暢銷作家，但在同業和死忠的本格推理愛好者之間評價甚佳。第六名的《相隔遙遠的房子》是日本近年來的國內外推理小說復刻風潮的收穫之一。山澤晴雄的作品主要在五〇年代出版，素以嚴密的詭計和推理著稱，是喜愛本格推理的讀者不可錯過的作家。

第七名是近藤史惠的自行車競賽推理小說《犧牲》。近藤寫推理作品雖已有十來年，卻始終未能躍居暢銷作家之列，但是這部深入刻畫自行車競賽的選手的光榮和黑暗的作品，讓近藤開始獲得注目，也獲得了一本屆的大藪春彥獎。第八名的《樂園》是宮部美幸代表作之一《模仿犯》的續集，由前畑滋子擔任主角。講述了三個家庭不同的悲劇，故事雖沉重，但是最後總能給予讀者一線光明。第九名是作風獨特的霞流一的時代推理小說《夕陽回歸》，奇矯的背景設定和扎實的本格推理融合得渾然天成，被評為「讓人聯想起山田風太郎的忍者小說和五味康祐的劍豪小說的本格推理。」

並列第十名的分別為日本冷硬派先驅高城高的出道作《X橋附近》和米澤穗信的《被煽動的鬥毆》。被視為日本冷硬派先驅的高城，只在五〇年代短暫活動過一段時間，便離開文壇。但是他的文筆融合了漢密特的硬朗和錢德勒的抒情，獲得了相當高的評價。此次由地方出版社出版了出道作之後，再次獲得了極高的注意，高城也重拾筆桿，老作家重出江湖，值得注意。作品向來走青春推理、日常之謎路線的米澤，這次則改弦易轍，寫了封閉環境下的連續殺人事件。刻意誇張和降低真實度的作法，充分表現出米澤個人的推理小說觀。

09

▼霞流一
夕陽回歸

06

▼山澤晴雄
相隔遙遠的房子

10

▼高城高
X橋附近

07

▼近藤史惠
犧牲

10

▼米澤穗信
被煽動的鬥毆

08

▼宮部美幸
樂園

MYSTERY HIT PARADE 10 推理小說排行榜

2008獨步排行榜

獨步文化兩歲了！今年獨步出了哪些新書？又到底這一年來哪幾本書最受讀者青睞呢？編輯室特別彙整了今年年初到九月三十日為止，銷售成績最好的十本書單。從這個排行榜不僅可以一窺台灣推理市場的獨特性、本地日推迷的喜好，也可作為讀過、未讀過獨步作品的讀者一些參考。《死神的精確度》夾帶著電影及金城一哥的威力，以舊書之姿，榮登今年第一名。此外，伊坂另一部影像化的作品《家鴨與野鴨的投幣式置物櫃》，也奮力擠入榜上。乙一新書《ZOO》在作者來台宣傳的加持下銳不可擋，不難看出讀者對於乙一的期待與熱愛。宮部美幸及京極夏彥分別有三部、兩部作品上榜，大極宮的兩大作家口碑遠傳、始終值得信賴。值得注意的是，獨步今年主推的日本推理界的兩大新星櫻庭一樹，以及道尾秀介的作品也上了前十強，似乎可看出台灣讀者對於新作者、新作品的接受度高，而這兩位新秀的引進，象徵台灣的日本推理閱讀幾乎與原生國日本同步，這可是所有日推迷之大福哩。

NO.1 《死神的精確度》

這是圍繞在一名熱愛音樂的死神身邊的六個故事。

千葉是一名死神。酷酷的、不大理解人情事故、少根筋的死神。每當他出現，人間必定下雨。

他熱愛人類的音樂。當人類碰到他的手，除了昏倒還會折壽。另外，他會依工作內容變化外型與年紀。

他的工作是利用一個星期觀察、接觸特定的人類，最後再向高層提出報告，判斷觀察對象要「認可」（死亡OK）或「送行」（生）。今天，他又來人間執行任務……

NO.2 《ZOO》

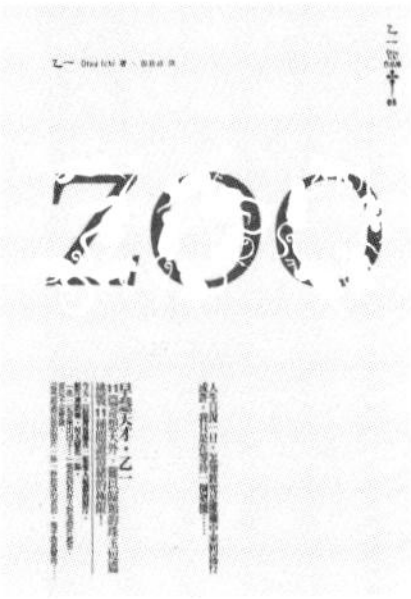

人生日復一日，怎知終究是獸欄中來回巡行

或許，我只是在等待一個契機……

今天，信箱裡也躺著一張愛人屍體的照片。

照片裡的她，每天腐化一點。

「我一定要揪出凶手！」憤怒的我每天對著照片起誓，

要是不這麼做，這些超過百張的照片一秒一秒控訴的真相，幾乎將我擊垮……

全新十篇奇想天外、難以歸類的珠玉短篇，挑戰十種閱讀情緒的極限。

NO.3 《無名毒》

一起毒殺案，摧毀了一個單親家庭，瀕臨崩解的親子關係也搖搖欲墜。

一宗綁架案，破壞了一幢溫暖豪宅，他們一家三口揮得去巨大的陰影、找得回原本的幸福嗎？

一瓶烏龍茶徹底摧毀退休老人的寧靜生活，接二連三的毒殺命案在城市間不斷地上演，是意外？是千面人？還是模仿犯？

日本推理天后宮部美幸，睽違三年又一部精采絕倫社會派長篇推理小說！

「杉村三郎」系列第二彈。以她最擅長的小人物為主角來解決周遭問題的故事，徹底發揮宮部文學中最吸引人的「以日常為出發點」的特質。

NO.4 《赤朽葉家的傳說》

赤朽葉瞳子，一個自認成長過程沒故事可說的平凡女孩；家族的輝煌過去，是她唯一的驕傲。一天，外婆萬葉臨終前竟然告白：「我曾經殺了一個人，但並非心懷惡意……」為解開外婆的祕密，她開始探尋家族種種光怪陸離的傳說與人物，一步步接近真相的同時，她也找到了生命的方向……

這是赤朽葉一家輝煌又奇異的故事，也是日本過往傳說和現代的縮影。

這端是不可思議的初戀故事，那端是國家的命運和未來。讓你悵惘落淚之後微笑，愛與希望留在心底。

歡迎，歡迎來到這個美麗的世界！

擁有「神之筆」的超新星才女　櫻庭一樹代表作。

日本書評不約而同讚揚，本書媲美馬奎斯的《百年孤寂》！

NO.5 《糊塗蟲（上、下）》

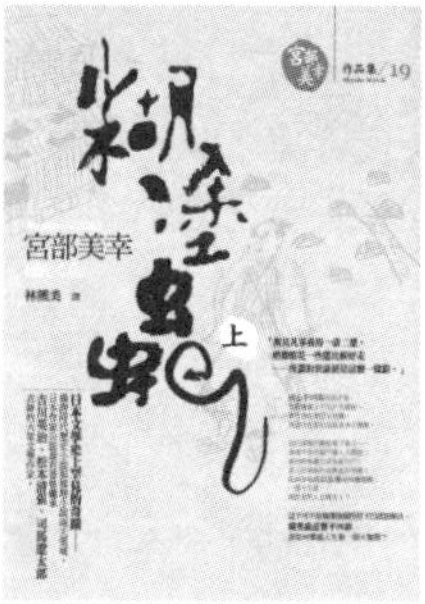

同心平四郎深諳世情，有點隨便又不至於太隨便。本性貪吃嗜甜又挑嘴，無意中招惹的烏龍事多不勝數。

這回卻踢到鐵板栽了跟斗——深夜中竟有殺手闖入大雜院；妖冶的風塵女成為新住戶；眾人好端端地卻興起拜壺潮；臥病卻被送信烏鴉耍得團團轉；一個不注意，雜院竟然人去樓空！？

這下可不是搔搔後腦捏捏下巴就能解決。糊塗蟲巡警平四郎該如何攀越人生第一個大瓶頸？

宮部時代小說再進化！波瀾壯闊、笑中有淚的推理長篇傑作。

NO.6 《鐵鼠之檻（上、下）》

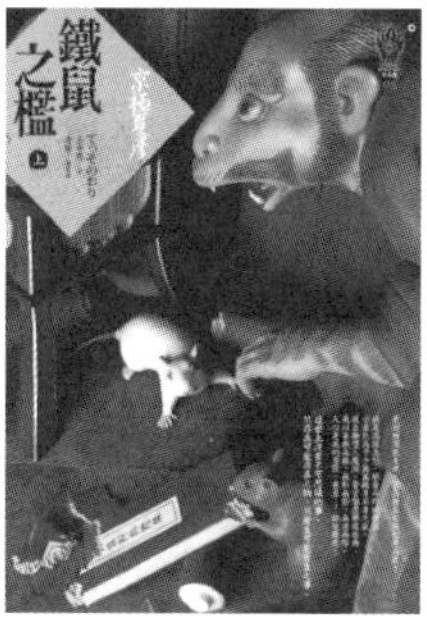

中禪寺敦子為採訪古剎，偕同鳥口守彥進入箱根荒僻深山，不料他們下榻的旅館卻在雪地中憑空出現呈坐禪姿勢的僧人屍體。

京極堂受邀調查從土堆中挖掘出的書庫，孰料其中不但滿是禪學經典，更有「不能夠存在的東西」，他所指為何？

穿著盛裝和服在荒涼雪地漫遊的吟歌少女，十三年來不曾長大？向盲眼按摩師坦承自己殺人的和尚，卻又改口說殺的是牛，自己是老鼠！

年代、派別來歷及財源都不明的謎様古剎明慧寺，寺內僧人接二連三死於非命，甚而巨鼠成群流竄、四處啃咬，向來氣定神閒的京極堂在此遭逢前所未有的難關……

全新京極堂系列，足以與《玫瑰的名字》相抗衡的鉅著，隆重推出！

NO.7 《誰？》

一場無情的自行車事故，奪走司機梶田的生命；一段二十八年前，令梶田聰美恐懼至今卻無法證實的綁架記憶……

梶田之死，是意外，抑或蓄意謀殺？

協助查找梶田死因及肇事者的杉村，在不意之間還原了聰美綁架事件的真相，

卻也發現令人難以置信的殘酷事實……

宮部美幸描繪人性卑微、咀嚼幸福況味的至情之作！

「杉村三郎」系列第一彈。以她最擅長的小人物為主角來解決周遭問題的故事，徹底發揮宮部文學中最吸引人的「以日常為出發點」的特質。

NO.8 《狂骨之夢（上、下）》

五對男女在山中集體自盡，用的竟是帶有皇室菊紋的匕首！

知名志怪作家之妻四度殺死八年前已死的前夫，是妄想還是現實？

閃耀的金色骷髏在海上漂流，繼而長肉生髮，究竟是怎麼回事？

在海上漂流的黃金骷顱頭，連續殺死丈夫四次的女人，為夢境所困的前精神科醫生，乍看之下毫無關連的怪事和人，接二連三發生的詭異事件卻將他們一一串連起來……

當眾人束手無策，京極堂一口斷定這看似毫不相干三起事件的真凶是……

且看京極堂上窮碧落下黃泉，解開怨念執著千餘年的狂骨之謎。

京極堂系列第三作！無數華文讀者期盼多年的夢幻經典之作！

NO.9 《向日葵不開的夏天》

我是個小學四年級的男生，我跟我那三歲的妹妹美加，在那年暑假經歷了一場前所未有的恐怖大冒險！

那年夏天，我同學S君上吊，死了，我明明看到他的屍體，大家卻說我騙人……

喂，你相信投胎轉世嗎？那……那個死掉的S君，七天之後，竟然在我房裡現身啦！只不過，他變成了一個……

強烈的視覺感和極佳的節奏，充滿驚異和恐怖的閱讀驚豔！

無法分類的小說、不能解釋的情節、嚴禁洩露的謎底。且看道尾秀介如何使出絕、超、技、巧，打造全新風格的驚悚超現實新本格推理！

NO.10 《家鴨與野鴨的投幣式置物櫃》

喜劇發生在現在。大學新鮮人「我」一搬進新公寓，便被神祕鄰居邀約搶書店，而目標竟然只是一本要送給不丹籍友人的《廣辭苑》？

悲劇回到兩年前。寵物店女店員與不丹籍戀人無意間目擊連續寵物虐殺事件，卻因此引起奪命追殺……

都是因為Bob Dylan，「我」就這麼一腳踩進這二男一女的故事裡……

過去、現在、回憶，生、死、轉世，究竟能如何改變一個人的人生？

擅長編織多層次時間與角色的伊坂幸太郎，以倒敘手法跳接一喜一悲兩段時空，透過搶書店計畫，角色奇妙重疊的兩個故事，將迎向什麼樣的結局？

寫手簡介

小葉

基本上，小葉是個很容易沉「迷」的人，日劇看很多，推理小說也看不少，Otaku 的私收藏是動漫《新世紀福音戰士》中的「綾波零」，對了，沉「迷」是需要耗時間，花銀兩，所以出社會工作領來的薪水也多半奉獻於此。沉「迷」最大的收穫是經驗和享受，但怕日後忘光了，所以決定趁還沒忘記時，在此用文字趕快記錄起來。

心戒

目前與文憑奮鬥中，只是看閒書的時間不成比例地高。唯一認真的收集是各國的明信片＋郵戳，喜歡看著認識的人和「朋友的朋友的朋友」來信，藉由文字的描述進行窮人家的環遊世界之旅。目前正煩惱如何募集到非洲或是兩極的郵戳。閱讀沒有固定的類型，但因為約翰・哈威所以喜愛上推理類別卻是肯定的事實。

曲辰

國立中正大學台灣文學碩士→喔耶，歡呼一下，歷經了兩本《謎詭》終於在第三集的時候拿到學位了（淚）。

目前為推理文學研究會成員，並積極推動相關活動。曾撰寫乙一、森博嗣、西澤保彥等作家作品集總導讀，單本導讀含括恩田陸、有栖川有栖、舞城王太郎、石持淺海等作家，亦曾撰寫歌野晶午、宮部美幸、伊坂幸太郎、京極夏彥等作家作品解說，土屋隆夫、綾辻行人、勞倫斯・卜洛克、卡蘿・古德曼等作家作品評論及推薦文。

最近對於推理小說的形式衝突感到興趣，並同時發現，推理小說的功能真的不只是娛樂而已，它其實提供了人們理解世界的另外一種看法。

無論如何，閱讀因為閱讀而美好，希望讀完本書的有得到那份美好。

呂仁

推理迷，曾為暨南大學推理同好會與中正大學推理小說研究社成員，現隱姓埋名於楊梅壢老人坑。

夜瞳

雜食性推理迷，嗜小說，其中推理佔絕大部分，目前投身於出版業奮發向上中。

紗卡

紗卡，已婚，育有二女，嗜讀各類小說，偏愛推理文學，最欣賞的推理小說作家是勞倫斯・卜洛克與東野圭吾。目前從事物理研究工作，正於南部某大學攻讀博士。平常喜歡與朋友分享推理小說的閱讀經驗，期許自己可以推廣推理小說，讓更多讀者願意投入閱讀，並因而刺激市場，使得更多國外的推理小說有中譯的機會，大家也有更多的優秀作品可以選擇。

夏空

人間／網際漂遊者。

推理閱讀為流盪時的深度興趣，闇黑網站是逍遙中的愜意經營。

凌徹

一九七三年生，嗜讀各類推理小說與評論，特別偏愛本格推理。

細風

生於基隆，曾棲身於中正大學推研社。

自評個性閑靜少言，不慕榮利。好看推理小說及電影，不求甚解，每有會意，便欣然忘食。

欣賞的作家包括東野圭吾、卜洛克等；欣賞的電影人包括希區考克、庫柏力克、史蒂芬周等。

曾於《野葡萄》雜誌介紹推理電影，目前於《謎思推理報》亦有專欄分享犯罪推理電影的發展與觀影心得。

陳國偉

筆名遊唱。國立中正大學文學博士，現為國立中興大學台灣文學所助理教授。新世代小說家、推理評論家、MLR推理文學研究會成員。曾獲中央日報文學獎、台灣文學營創作獎等多項，文類橫跨小說、散文與現代詩。著有短篇小說集《空間失控》（麥田）、學術論著《想像台灣：當代小說中的族群書寫》（五南），主編《小說今視界：台灣新世代小說讀本》（駱駝）、中正大學推理研究社社刊創刊號《血色の邏輯》。文學評論橫跨純文學、推理、科幻等小說類型，推理部分曾擔任《謎詭：日本推理情報誌》的編輯企畫與選書，撰述東野圭吾、恩田陸、西澤保彥、原尞、有栖川有栖、篠田真由美、賈桂林・溫絲皮爾等作家的小說導讀、推薦與解說。目前於獨步文化bubu's blog撰寫【推理・換日線】專欄，並擔任博客來【推理藏書閣】「達人嚴選」書委員。

目前以台灣大眾文學為主要研究領域，並執行多個有關台灣與亞洲推理小說發展的學術研究計畫。

張筱森

輔仁大學日文系畢業，現於日本某國立大學以留學之名行囤積推理小說之實。

部落格「暗黑館的儲藏室」

http://blog.roodo.com/ayatsujifan

顏九笙

喜愛推理小說、覺得自我介紹越來越難寫的MLR推理文學研究會成員。

景翔

影評人，工科畢業，但自六十三年由電腦界轉入新聞界後，工作均與藝文有關，是重度推理迷，曾催生《推理雜誌》，並撰寫「日本推理劇錄影帶選介」及「推理小說大家看」專欄多年，現為影評人及專職翻譯，也希望以譯介推理小說為主。

謎詭Vol.3——日本推理情報誌

編輯顧問／傅博、陳國偉、景翔、小葉、玉田誠
總編輯／陳蕙慧
企畫／林毓瑜、戴偉傑
主編／戴偉傑
協力編輯／關惜玉
編著／獨步文化編輯部
發行人／涂玉雲
法律顧問／中天國際法律事務所 周奇杉律師
出版社／獨步文化
城邦文化事業股份有限公司
100台北市中正區信義路二段二一三號十一樓 電話：(02)2356-9179 傳真：(02)2351-9179，2351-6320

發行／英屬蓋曼群島商家庭傳媒股份有限公司城邦分公司
104台北市中山區民生東路二段一四一號二樓
網址：www.cite.com.tw
書虫客戶服務專線：(02)2500-7718，2500-7719 二十四小時傳真服務：(02)2500-1990，25001991
讀者服務信箱 e-mail:service@readingclub.com 劃撥帳號：19863813 戶名：書虫股份有限公司

香港發行所／城邦(香港)出版集團有限公司
香港灣仔駱克道一九三號東超商業中心一樓 電話：(852)2508-6231 傳真：(852)2578-9337 E-mail:hkcite@biznetvigator.com

馬新發行所／城邦(馬新)出版集團【Cite(M)Sdn.Bhd458372U】
Il,Jala30D/146, Desa Tasik, Sungai Bes, 57000 Kuala Lumpur, Malaysia
電話：(603) 9056 3833 傳真：(603)90560 2833

封面設計／戴翊庭 內頁美術設計／戴翊庭、林玉翔
影片導演／陳以文
印刷／前進彩藝有限公司
總經銷／大和書報圖書股份有限公司 電話：(02)8990-2588，8990-2568 傳真：(02)2290-2658，2290-1628

二○○八年(民國九十七年)十二月初版 定價：三六○元
 ISBN 978-986-6954-72-6

國家圖書館出版品預行編目資料
迷詭：日本推理情報誌．第三集/
獨步文化編輯部編著/
．一．初版．一台北市：獨步文化
城邦文化出版：家庭傳媒誠邦分公司發行，
2008[民97]
ISBN 978-986-6562-11-2(平裝附光碟片)
1.推理小說 2.文學評論 3.日本
861.57　　97021736

惡人

あくにん

究竟因寂寞產生的愛，是否能相信至死不渝？
究竟因孤獨犯下的罪，是否能祈求寬恕救贖？
曾幾何時，虛擬的世界，
卻也是我最真實的依靠。
讓寂寞枯萎、滋養了罪惡，
其實，我只不過想要幸福罷了。

吉田修一

- 2007年 《達文西》編輯年度推薦白金本
- 第34屆 大佛次郎獎（朝日新聞）
- 第61屆 每日出版文化獎（每日新聞）
- 2007年 ダ・カーポ雜誌評選今年最棒！的書 第1名
- 2008年日本書店大賞第4名
- 2007年 週刊文春推理小說 BEST 10 第8名
- 想讀推理小說BEST推理小說2007 第7名

《哀歌》成英姝、《西夏旅館》駱以軍、《除以一》孫梓評
《六號出口》林育賢、《字解日本》茂呂美耶
感動推薦

麥田出版

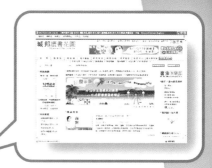

獨步文化
APEX PRESS

廣告回函
北區郵政管理登記證
台北廣字第000791號
郵資已付．免貼郵票

104 台北市信義路2段213號11樓
英屬蓋曼群島商家庭傳媒股份有限公司 城邦分公司
獨步文化出版 謎詭編輯小組

讀者回函卡

請沿虛線對折，謝謝！

請沿虛線裁下，填妥寄回，謝謝！

獨步文化
APEX PRESS

讀者回函卡

書號：1UX004　書名：謎詭 Vol.3　編碼：

讀者回函卡

謝謝您購買我們出版的書籍！請費心填寫此回函卡，我們將不定期寄上城邦集團最新的出版訊息。

姓名：　　性別：　　生日：　　聯絡電話：

E-mail：　　傳真：

地址：

您的職業：

□1 學生 □2. 軍公教 □3. 服務 □4 金融 □5. 製造 □6. 資訊 □7. 傳播

□8. 自由業 □9. 農漁牧 □10. 家管 □11. 退休 □12. 其他

您是從何種方式得知本書消息？

□ 1. 書店 □2. 網路 □3. 報紙 □4.廣播 □5. 雜誌 □6.電視 □7.親友推薦□ 8.其他

您喜歡哪些推理小說作家？

□1. 京極夏彥 □2. 松本清張 □3. 土屋隆夫 □4. 乙一 □5. 歌野晶午

□6. 宮部美幸 □7. 橫山秀夫 □8. 伊坂幸太郎 □9. 橫溝正史 □10. 東野圭吾

其他意見：